奇蹟寄物商2

桐島的青春

大山淳子

許展寧 譯

あずかりやさん 桐島くんの青春

目次

前言

老師，您過得好嗎？

這是我第一次寫信給您。我在讀國中的時候，您是我的國文老師。

您從來沒有當過我的班導師，我也不是多優秀的學生，所以我想老師應該不記得我的事。

老實說，國文是我不拿手的科目，可是我到現在都還記得老師上課的內容。其中最令我印象深刻的，就是國一的第一堂國文課。老師談到了一家有點奇怪的店。您說在那家店裡，能以一天一百圓的費用寄放任何東西。

請問你們會寄放什麼東西呢？

老師向我們提問了。這道問題就成為了回家作業。下次上課時，每個人都要一一發表自己想寄放的東西以及原因。發表時間是一分鐘。時間短到連一張稿紙都不用準備。這對不擅長寫文章的我來說，實在是令人不勝感激的分量。

儘管這份作業讓人困惑，但大家似乎都很樂於思考，在午休時間蔚為話題。畢竟是新學期，這同時也成為了向班上同學自我介紹的機會，於是便有人打算提個令大家跌破眼鏡的答案，想在班上帶來笑果。實際上也真的有人說出很好玩的回答，我和同學都被逗得哈哈大笑，只是我現在已經想不起來到底是什麼內容。順便一提，那位同學在後來當上了班長。

大家想寄放的東西有百百種，還有同學只想在考試期間短暫寄放最愛的電玩。

當時我回答「小學書包」，理由是「因為已經用不到了」。爸媽雖然叫我丟掉，但那是我重要的回憶，所以捨不得拿去丟」。我說了一個安全牌的答案，大概沒有任何人會記得，可是這卻深深地留在我的記憶中。因為我感受到了罪惡感。

那是我騙人的。我根本沒有小學書包，也從來沒有背過。我想您畢竟是老師，或許早就知道這件事了。其實我是在其他國家出生長大的。

我十歲因為被收養而來到日本，待在父母身邊學了兩年日語。我學得很快，雖然還不太會寫字，口語方面已經沒有問題，便從國中開始進入公立學校就讀。我不是想瞞著其他同學，只是希望大家能和我正常地相處，所以才說了謊話。

更何況，我並沒有想拿去寄放的東西。我所擁有的全部都來自於父母，制服、鞋子、書包和文具也是全新，每樣都十分重要，我都想放在自己身邊。

因為沒有想寄放的東西讓我覺得很丟臉，我對自己的謊言也感到很丟臉，因此這才會深深地留在記憶裡。於是每年到了春天，我就會思考起寄物商的事。

話說為什麼事到如今，我還要特地寫信告訴您當時是在說謊，是因為我下個禮拜就要去月球了。這並不是在騙人。我通過了重重考試，在兩年前獲選為太空飛行員。一直以來我都是一邊接受訓練一邊等著出勤的機會，結果運氣很好地能在早期階段就出發。我很期待從宇宙眺望地球的模樣。地球真的是藍色嗎？我猜到時候一定能證明地球只是個球體，根本看不到什麼國境界線，在不同地方出生也不是什麼大不了的事。

出發去月球的日子定下來後，我便思考著自己有沒有「想趁現在拿去寄物商寄放的東西」。比起當時，現在的我擁有更多東西，同時也累積了不少回憶。我就在這其中左思右想了一番。即便如此，我果然還是沒有想寄放的東西。

在那個瞬間我突然覺得，沒有東西想寄放其實也沒什麼好丟臉的吧。或許這代表我過得非常幸福，備受寵愛也說不定。

發現自己竟然能冒出這樣的想法，讓我高興得忍不住想向老師報告，便提筆寫了信給您。

從國一開始，我的心裡就時不時會惦記起寄物商。不曉得為什麼，我總覺得「有煩惱的時候就去那裡看看吧」。對於沒有故鄉的我而言，也許那裡就是個能取而代之的存在。在某處有個願意接納他人物品並幫忙保管的地方，這個事實彷彿為我帶來了從容的心情。畢竟仔細想想，養育我長大的父母其實也算是寄物商嘛。

希望有一天可以和寄物商的老闆說上話。這就是我現在的心情。
能向老師說出實情讓我覺得暢快多了。
那麼，我就出發了。

芥龍的阿穩

小生是張桌子。目前還沒有名字。

小生不太清楚自己是如何出生的。聽說小生是在一個名叫木曾的地方，由手藝精湛的工匠打造的。

「這張文几的材質是天然原木材。而且用的還是檜木，會隨著歲月增添另一番風味哦。」

家具行大力讚揚了小生。

不過這只是向客人推銷商品時的話術，誰也不曉得是不是真的。由於價格不便宜，又被擺放在特別顯眼的位置，小生猜家具行說的應該與事實相去無幾。

然而縱使出身高貴，小生卻是乏人問津。客人經常連碰也不碰地直接走過小生身邊。於是小生的展示場所，便逐漸被移動到店內的深處再深處，最後終於落入了有名無實的展示境遇。

小生被擱在店內的盡頭，身上還放著其他文几，上頭又再擺上別的文几，這副慘樣根本進不了客人的視線裡。雖然這證明了小生的強韌，但是小生現在只是個底座罷了。換句話說，就是被列在文几金字塔的最底層，小生已經做好當金字塔頂點探到天花板時，就要被丟進倉庫的心理準備了。

像小生這種僅此一件的商品一旦進了倉庫，就是出局了。這和待在墳墓沒什麼兩樣。你說也許會邂逅可愛的檯燈，在談天說地中度過餘生？想得美咧。她們沒有發亮的時候會突然變得很悲觀，頂多只能聽她們發發牢騷而已。

不過為什麼文几這麼不受歡迎呢？

現在的人似乎比較喜歡腳長的桌子。只是以小生的角度來看，那種無法稱得上是完整的家具。畢竟一旦少了椅子就無法發揮作用了嘛。小生完全不懂沒有獨立概念的長腳桌，究竟是好在哪裡。

然而實際上卻是文几沒有銷路。即使偶爾有生意，客人也都喜歡附有抽屜的款式。右邊有三層抽屜的最受歡迎（擺在小生的上面），左右兩邊各有三層，正中間又有一層抽屜的豪華款（放在小生的前面）也會在極其偶然的情況下賣出去。

小生的造型就像是往兩旁拉長的ㄇ字型，能讓風穿梭其中的模樣看起來很靠不住，長得不太好看。更重要的是沒有抽屜。這好像是個致命傷。人類是一種貪婪的生物，似乎具有想擁有更多東西，又不希望那些出現在視線裡的習性。

想要擁有又希望眼不見為淨，這是什麼道理啊？還有那個叫做「錢」的東西。就連大家愛到你爭我奪，寶貝得不得了的錢，人類也會交給什麼「銀行」的保管，不想放在身邊。既然喜歡，抱著一起睡覺不就得了。

小生不是人類，不太清楚這種複雜的習性，可是如同剛才所說，沒有抽屜就代表小生的外型不夠好看。對自己沒了自信，當然也不會受到他人的喜愛，因此小生完全找不到買家。家具行已經把小生的價格往下調降好幾次了。即便如此，仍舊無法讓小生獲得青睞。

就在某一天，一名瘦弱的男子突然出現在店裡。他的身姿與掃把很神似。他在這個平成時代穿著宛如明治時期的和服，頂著一頭亂髮走進店裡這麼說道。

「有『穩几』嗎？」

年輕的女店員不禁噗哧地笑了出來。家具行的老闆迅速地上前擋住笑到停不下來的女店員。「店裡正好有件價格實惠的商品。」他說。

「嗯，我就買那個。」

男子十分爽快地決定買了。下決定的時候可能就是需要這種氣勢。為了把小生拉出來，必須動用兩名店員移走其他兩、三張文几才行。這是文几金字塔的解體。對於原本在底層安分守己的小生來說，心情是意氣風發得不得了。

接下來的事情都進展得很順利。明治男子說「不用配送。我就這樣帶回去」，接著用纖細的手臂把小生抱在腋下。沒有抽屜的造型大顯神威了。家具行似乎是樂壞了，連手巾也一起給了他，對明治男子說：「這是本店的小小心意。」那只是添上家具行店名的廉價品，男子卻回答：「咦？真的嗎！真是感激不盡。」他開心的程度讓人深感同情。

賣不出去的小生加上稀奇的客人。現在一口氣就解決掉了兩個麻煩，家具行的爽快笑容讓我至今仍記憶猶新。無論是什麼樣的理由，能看見人們歡喜的模樣就是暢快，也讓小生放下了心裡的重擔。

明治男子一個人住在鐵路旁的老舊公寓。

他是個家裡幾乎什麼也沒有的男人。不過一個人睡的床鋪和一個人用的枕頭倒是還有。他的東西就是少到要一一寫出來的程度。他把小生放在約二坪半的空蕩房間，在小生身上擺上稿紙，用鋼筆寫下文字。

第一張稿紙的開頭以「小生是」作為開場白，在快要寫完第二張的時候抱頭苦思，還沒寫到第三張的尾巴就宣告「換下一個」，在另外新的一張稿紙又寫下「小生是」。

小生會自稱小生為小生，都是因為那傢伙在小生身上不斷寫著小生小生的緣故。這兩個字就像咒語一般緊緊纏著小生。

家裡偶爾會有朋友上門拜訪。大家都是在半夜出現。這些人似乎是他的大學好友，各個都是上班族的樣子，當他們因為加班或聚會而錯過末班電車，就會跑來借住一晚。這樣的朋友有五、六個人，他們都稱明治男子為「芥龍」。而且每次離開前，大家一定會留下一千或兩千圓當作住宿費。

說到明治男子為什麼會叫做芥龍，是因為這傢伙好像很崇拜日本文豪芥川龍之介，現在也正在寫小說。當然他並不是職業作家，甚至連一部作品都還沒完成。

他經常把額頭靠在小生身上來回磨蹭，自言自語地說「阿穩，拜託你了」；也會緊握著鋼筆，碎唸著「阿筆，你能不能想點辦法啊」。他好像以為只要向桌子和筆祈禱就可以生出作品。

不知道是不是因為一個人的生活很寂寞，他都會幫東西取上名字。因為小生是穩几，名字就叫阿穩。鋼筆是阿筆，床鋪叫仙貝。看他稱棉被為仙貝．尚（上），床墊為仙貝．廈（下），把枕頭喚作美夢的取名品味，就能知道他還滿有幽默感的。

他似乎不覺得將物品擬人化並取名的舉動很羞恥，會對前來留宿的朋友說：「美夢無法借給你，但你可以把仙貝．尚拿去用。」甚至還會說：「因為阿穩好像沒什麼幹勁，我決定暫停這次的主題。」把下筆不順的原因全怪在小生頭上。

朋友們總是很關心他，愛找理由來探望，又會在臨走前特地留點錢下來，看來他在同年代的人眼中應該有什麼討人喜歡的地方。

他們幾個在大學好像是研究什麼日本文學的。也許是因為芥龍把大家遺留在學生時代的東西一直珍惜到現在，他的純真靈魂（好像誇過頭了）便被朋友們視為了稀世珍寶。畢竟這個年代的日子難過，要懂得「察言觀色」又要做好「萬全準備」，還得忙著跟隨「移動和升官都要越快越好」的急性子風潮。

話說小生雖然看似說得頭頭是道，其實小生的時代觀念也不是很可靠。其中大部分的知識，都是出自朋友們留宿時的怨言。這些朋友雖然都喜歡芥龍，卻沒有人贊同他繼續這樣下去。

「芥龍，你為什麼不寫小說？」其中一個朋友說。

「你不是想當小說家，只是想成為芥川龍之介吧。」另一個人說道。

「你不能把芥川龍之介當成目標。喜歡芥川龍之介的讀者會去讀他的作品。芥龍應該要寫出芥龍的作品才對。」

也有朋友這樣對他說教。

小生覺得很不可思議。芥龍的確是個怪人，但是他的朋友倒是意外普通。芥龍是不是天生具有吸引正經人的天賦？這項天賦有辦法成功運用在什麼地方嗎？

然而，芥龍是個無可救藥的傻瓜，對朋友的建言一點也不領情。「小說家這一行——」他反駁道。

「盡是一些無趣的傢伙吧。有人會上電視發表高見，或是跑去玩政治。但我並不是想當小說家，我是想成為芥川龍之介啊。他總是一直寫一直寫一直寫的，可從來沒有當過什麼評論節目的名嘴。」

這個歪理讓朋友目瞪口呆。

「那是因為他活在沒有電視的年代吧！聽說他在過世前都還在為錢發愁啊。要是他現在還活著，說不定真的會跑去當什麼歌謠秀的主持人。」

「對耶。芥川已經死了，早就不在了。」芥龍賊笑著。

「現在正是我的大好機會。就由本人來寫出他的新作品。」

這就是芥龍的歪理。

對於把文几說成「穩几」，只有這點國文能力的他而言，這根本是天方夜譚。他連三張稿紙都填不滿，只是讓日子一天天過去。

某一天，家裡來了一位別於以往的客人。

對方是一位將亮麗黑髮固定在頸間，身穿葡萄色衣裳的婦人。她把芥龍喚作「學」。

「我找你找很久了。你窩在這種髒兮兮的地方做什麼？」

芥龍這時候的臉色完全就像個少年。宛如惡作劇被發現一般，一臉完蛋了的沮喪表情。

「媽媽，妳為什麼會在這裡？」

沒想到她竟然是芥龍的母親。這麼說來，他們的眼睛確實長得有些相似。只見她的目光停留在小生身上的稿紙。

「你這次又在耍什麼花招？現在不當畢卡索，換成作家的扮家家酒？你那頭亂糟糟的頭髮一點也不像漱石[1]啊。在學太宰[2]嗎？」

心靈啪的一聲發出了斷裂聲響。斷裂的不是芥龍的心，而是小生的。

小生曾經同時頂著三個文几也沒有斷過腳，但沒想到心靈卻是意外脆弱。自始至今，芥龍的形象在小生心裡一再翻轉了好幾次，一下覺得是這樣，一下又認為是那樣。畢竟他是主人，小生多少還是想選擇相信他，以為他就算沒有才華，至少有的是志氣。

可是剛才卻提到畢卡索？小生覺得自己遭受背叛了。喂，芥龍。你到底是何方神聖？

1 夏目漱石（1867-1916），被譽為日本的「國民作家」，日本近代文學史代表人物。
2 太宰治（1909-1948），日本知名作家，最後以投河自盡的方式結束一生。

芥龍媽媽沒有發現小生的心碎聲，毫不客氣地開口說道。

「重考了三年總算考上大學，留級三次之後好不容易才畢業，結果這次換成搞失蹤。雖然你爸爸常笑著說你最喜歡『三』這個數字，這次可能也要消失三年才會回來，但媽媽不會讓你放縱到三十幾歲了。來，該回家了。」

「不行，我現在不能回去。如果要回去，我需要事先做好心理準備啊，媽媽。」

「你別廢話這麼多，乖乖回家吧。反正這個屋子裡什麼也沒有。媽媽會去找房東談，付錢請他幫忙把東西處理掉。不過這張文几倒是有點可惜。就由家裡接收吧。」

「文几？」

「材質真是不錯。給媽媽用吧。」

芥龍似乎很驚訝小生的正確名稱，他提起精神問道。

「媽媽要用這個來做什麼？」

「記帳的時候用啊。」

芥龍交叉著手臂開始思考，然後說：「我有一個請求。」

「你說一個請求？」媽媽瞪大眼睛。

「學，媽媽這三十年來已經聽過你多少次請求了？結果你卻連媽媽唯一的願望都無法達成！」

小小的空間陷入一片寂靜，寂靜到彷彿能聽見空氣凝結的聲音。這時傳來一陣轟隆隆的震動聲響，電車經過窗戶外頭，那肯定是最後一班電車。

「抱歉，媽媽。」芥龍垂下了頭。

她「唯一的願望」到底是什麼？

媽媽用手機叫了輛計程車。

「車子十分鐘後就會到。你準備一下。」

「我會回去的，不過今天沒辦法。」芥龍口氣嚴肅地說道。

「其實今天晚上山田要來過夜。」

「哎呀，是那個進入法務省[3]的山田？」
媽媽的臉色頓時亮了起來。
「是啊，因為那傢伙要來，我今晚非得留在這裡。爸爸也常說和朋友之間的約定一定要好好遵守不是嗎？所以我明天再回去。」
媽媽略微猶豫了一下，說道：「說得也是。向山田探聽看看職場現況，認識一下社會也不錯。畢竟山田是國家公務員嘛。」接著她從錢包裡拿出兩萬圓，說了句「拿去買點好吃的」便回去了。
芥龍盯著那兩個福澤諭吉[4]好一會兒，然後恭恭敬敬地收進懷裡。
話說在那之後的確是有朋友來了，但對方是青木而非山田，是推銷辦公設備的業務而非法務省公務員。真的有名叫山田的菁英朋友存在嗎？從沒看過他來這裡。他說不定只是拿來對付媽媽的幽靈。
芥龍向青木如此這般地說明了事情經過。
「這樣啊。被你老媽發現了啊。但你能爭取到一個晚上的緩衝時間真是太了不起了。你也成長了不少嘛，芥龍。」

「嗯。」

「那現在要怎麼辦？」

「在老媽的安排下，我明天非得離開這裡不可。但回家的話就沒戲唱了，所以我打算搬去其他地方。」

「那麼先想辦法籌錢吧。」

青木在屋裡東張西望，視線停留到了小生身上。

「把這個搬到當鋪，籌措跑路資金吧。」

芥龍應聲答「好」之後站了起來，打開壁櫃。

「把仙貝也搬去？」

「那應該換不了錢吧。」青木皺起臉。「大概只有阿穩或阿筆才換得了錢。」他說。

---

3 相當於法務部。

4 印刷在日本萬圓鈔票上的人物肖像。明治時代知名思想家，慶應義塾大學創辦人。

「阿筆是別人送的，我捨不得拿去賣。我只要賣掉阿穩。」

只要賣掉小生？只要賣掉小生？只有小生？

「不是賣掉。只是拿去寄放一下而已。」

青木像在安慰小生似地這麼說。

於是小生被抱在芥龍的細臂裡，在半夜被帶離了公寓。負責在前面帶路的青木說著「應該就在這邊」，但是他蹣跚的腳步讓小生不太放心。到那間公寓過夜的朋友幾乎都是醉醺醺的。

「就是這裡。」

我們來到一個名叫明日町金平糖商店街，宛如時光暫停的地方。青木的蹣跚腳步就停在其中一角的小店前，他喀噠喀噠地搖動玻璃拉門，可是門上鎖了，屋內也是暗的。畢竟現在是連電車也收班的三更半夜，其他店家也全是大門深鎖。

「這裡真的是當鋪嗎？」

芥龍一臉懷疑。玻璃拉門上貼了一張新亮的紙，上面寫著「一天一百圓，歡迎寄放任何物品」。

「這裡好像是付錢寄物的店耶。」

「怎麼可能會有那種店啊？」

青木看了看手錶說：「原來如此，已經這麼晚了啊。我們就在這裡等到開店吧。」然後他靠著玻璃拉門坐了下來。

芥龍也這麼做了。他將小生當成束腹一樣抱在身上並伸出雙腳，又把兩條手臂掛在小生身上，呼地嘆了口氣，抬頭望向天空。

「星星真美啊。」

「芥川龍之介才不會說這種俗氣的話。你改用芥川的風格來表現星星很美的情境吧。」

聽到青木的刁難語氣，芥龍垂下了頭。

「你知道嗎？芥川龍之介都是這樣在看書哦。」

青木從懷中掏出商務用書，嘩啦啦地迅速翻著書頁展示給芥龍看。

「這樣看不到字吧？」芥龍說。

「不，他就是看得到。聽說他的速讀能力快到像是沒在看書一樣。」

「你說芥川嗎？」

「是啊。因為那傢伙的腦袋很聰明。芥龍，你是無法變成他的。」

芥龍看起來並沒有受到打擊，反而一臉豁然地再度抬頭望向星空。

「星星就是美麗。根本不需要賣弄詞藻。」

即便是身為文几的小生，也覺得那些星星真的很美麗。時間安靜了片刻。

「要是沒了那間屋子，明天開始該怎麼辦啊。」

神奇的是，這句話竟然是青木說的。

芥龍似乎也覺得很不可思議，直盯著青木的側臉看。

「其實我過得也很難受啊。」青木聳了聳肩。

「我對自己很沒自信，老是像這樣一手拿著參考書，一路活得跌跌撞撞的。看到芥龍在那間屋子追逐著不會實現的夢想，其實讓我鬆了一口氣。只要看著軟爛的傢伙，就會讓我覺得自己好多了，心靈受到了救牘。我不管其他傢伙是怎麼想的，但我就是需要那間屋子。」

芥龍沒有露出一絲不悅。「這就代表我位在金字塔的最底層啊。」他這麼說道，一邊望著夜空。

「我總是這樣抬頭往上看。我的視線根本看不見你們幾個。我一直都是在盯著星星看。」

「這我都知道。你根本不羨慕我們，所以和你待在一起才會很輕鬆。我也有在為你加油啊。要是芥龍真的寫出了曠世巨作，我覺得世界似乎就會變得不一樣了。你願意相信我嗎？」

「是啊，心情不會只有一種。數目多如繁星，全都不是虛假。」

青木露出驚訝的臉色，誇獎道：「這句好文學。有芥川的風格。」

「這樣當得了芥川嗎？」

「那倒是不可能。」青木愉悅地哈哈大笑。

芥龍從懷中掏出了鋼筆。

「這枝筆，是我老爸送的。我說我要以芥川為目標，他就對我說了聲加油。」

「你老爸是做什麼的？」

「他現在是公立國中的老師。」

「聽起來很腳踏實地嘛。」

「好像因為家庭因素，周圍的人一直要他找個穩定的工作，不許他去追夢的樣子。」

「難怪他對兒子這麼包容。」

芥龍沉默了一會兒，直到青木昏昏欲睡之際，他才輕聲低喃道：

「其實我在高中的時候是以畢卡索為目標，當時老爸對我說了加油，還買了畫筆給我。」

「我還是第一次聽到耶。」青木似乎是醒了。

「我得意忘形地跑去報考藝術大學，結果落榜了三次。」

芥龍一邊說，一邊用手轉著鋼筆。阿筆看起來好像在他手上跳著芭蕾一樣。

「懷抱夢想吧。有夢想很好啊。老爸他經常這麼說。所以我總是在尋找夢想。」

「夢想是用找的嗎？」

忽然有顆星星一劃而過。

「你有看見嗎？」「看見了啊。」

兩人露出像孩子般的表情望向彼此。

「青木許了什麼願？」

「別管我了。你呢？」

「每次還沒許願，流星就消失了啊。沒有隨時做好一看見流星就馬上許願的準備是辦不到的。」

「現在開始做準備是不是也沒辦法啊。」

「青木要許什麼願？」

「希望芥龍可以實現夢想。」

「少來了！」

「希望我的底薪可以調高。」

「真沒意思的願望。」

芥龍嘆了一大口氣。

「我會不會是個爸寶啊。因為我喜歡老爸，才會這麼希望他高興。」

「你老爸是個什麼樣的老師？」

「天曉得。有學生會來找他商量事情，也會收到畢業生的結婚通知，看起來應該很受歡迎吧。」

此時傳來一陣喀噠喀噠的聲響，玻璃拉門被打開了。裡面探出一道人影，輕聲問著：「請問有何貴事嗎？」聲音聽來是個少年。

青木站了起來，開口詢問：「抱歉，是不是吵醒你了啊？請問這裡是幾點開店？」芥龍身上還抱著小生，一時手忙腳亂地無法馬上起身。

「幾點開店？」少年發著愣。

「這裡是一家店吧？不是寫著什麼都能寄放嗎？」

「啊，是的！」少年突然用清晰的聲音明確答道。

半夜三點。

放兩個陌生男人（其中一個還渾身酒氣）進屋顯然是不智之舉，少年卻這麼做了。與其說他是少年，感覺比較像個青年，而且還是店老闆。

青木自己找到了屋內的電燈開關。屋內擺著空蕩的玻璃櫃，另一邊有間比地板高一點，約三坪大的和室房。有個像門簾的東西被捲起來豎立在屋內玄關處。這裡不太像一家店，而是像「曾經營業過」的店。

芥龍抱著小生逕自登上和室房，目不轉睛地盯著老闆說道：「你的眼睛看不到吧。」因為他說得實在太不客氣，讓小生嚇出了一身冷汗。

老闆說了聲「是的」。

小生被放在和室房的正中央，青木和芥龍並排坐著，老闆隔著小生坐在另一邊。

這兩個本來打算把小生帶去當鋪換錢的男人，看起來完全忘了原本的目的似地東張西望。兩人好像對盲眼青年老闆還有他經營的這家店很感興趣。

「你一個人住嗎？」

「父母在嗎？」

「寄物竟然只要一百圓，這家店有在賺錢嗎？」

諸如此類，他們連珠炮似地接連發問。老闆則是簡明扼要地一題題回答。自己是一個人住，父母健在但沒有生活在一起；這間店才剛開幕，所以目前還沒開始賺錢。

「這裡到底是什麼時候開的？」

「一個禮拜前剛處理完開業手續。」

「那客人呢？」

「兩位就是第一組光臨的客人。」

老闆臉上掛著喜孜孜的微笑。他的肌膚白皙，短袖的T恤底下探出了纖瘦的細長手臂，是身高比這兩個大叔稍微高一點、以後似乎還會繼續長高的年輕人。

青木搔了搔頭。

「沒有啦，我們本來以為這裡是家當鋪。不好意思，我們沒有要付錢寄物的東西。」

「穿過這條商店街後就有家當鋪哦。」

老闆的聲音充滿著親切感。

「特徵好像是有個紅色屋頂。關於營業時間嘛，我記得是——」

芥龍插嘴說：「你等一下！」

「你怎麼能向好不容易上門的第一組客人介紹敵對店家啊，這樣不行啦，真是太天真了。」

「這樣啊。」

「不要管別家店的營業時間，你報上自己這家店的營業時間吧。」

「對不起，其實我並沒有特別訂定營業時間。」

「什麼意思？」

「我一直都待在家裡，所以打算只要有客人光臨就來接待。」

「二十四小時營業的意思嗎？」

「大概吧。」

「這我就不認同了啊。一點也沒有緊張感。更重要的是，這樣對你的身體不好，畢竟成長期最需要充足的睡眠啊。我想想哦，上班族都是工作幾小時啊？」

青木說：「一般來說，都是工作八小時吧。」

「好，你的店就一天營業八小時。對了，你習慣早起嗎？」

「習慣的，我平常都是六點起床。」

「那麼開店時間就訂在七點。」

「不會太早了嗎？」青木說。

「不，這樣學生可以在上學前繞過來，上班族也能在通勤途中光顧。寄物商是個冷門產業，必須要在這些地方下點工夫才行。」

芥龍看起來自信滿滿，而且莫名地積極俐落，和平常老愛瞎扯著「阿穩，拜託你了」、「阿筆，你能想點辦法嗎」的模樣差了十萬八千里。

「早上早點開門，中午就休息得充足一點吧。十一點先暫時關門一下，再從下午三點開到晚上七點怎麼樣？」

「中午會不會休息太久了啊？」青木說。

「不，就算店門關著，也還有很多事要在後面忙啊。例如庫存管理，或是處理帳目等等。另外還有像是吃飯或散步，要好好保留自己的時間才行。畢竟經營者就是要靠體力嘛，睡眠特別重要。像今天這樣在三更半夜聽到吵雜聲，你也絕對不可以打開店門。可能是有小偷也說不定，你要先打110才對。」

芥龍從和室房走下來，展開豎立在一旁的門簾。藍染布上寫著白色平假名文字「SATOU」。

「你姓佐藤（SATOU）啊。」

「不，敝姓桐島。」老闆說

芥龍和青木面面相覷，同時歪了歪腦袋。芥龍繼續發問。

「這裡以前是做什麼生意的？」

「那已經是十多年前的事了，這裡以前是家和菓子店。」

芥龍擺出「應該也沒差」的臉，把門簾捲起來豎立在一旁。

「開店的時候只要掛上門簾就好了。因為這樣就表示有在營業，客人比較敢走進來。」

「我明白了。」老闆說。

「話說回來了。」這次換青木發問。

「你怎麼會想到要做這種寄物商的生意？」

「沒錯，我也正想要問這個。」芥龍繼續站著開口附和。

老闆小聲地說道。

「有個人拜託我幫他保管東西。」

「是哦。」

「他把要寄放的東西連同寄物費一起交給了我。」

青木的臉上滿是好奇，問道：「他寄放了什麼？」

「恕我無可奉告。」

「沒錯，不可以說出來。」芥龍替老闆幫腔。

「寄物商必須嚴守保密義務，對寄放的物品絕對不能說三道四，這一點一定要好好遵守。做生意就是要講信用。」

小生心想著你明明從來沒做過生意，竟然還敢振振有詞，而青木的表情看起來也和小生想的一模一樣。

老闆說：「客人來寄物的時候，我會問清楚對方的姓名。」他客氣地表示自己雖然不太積極，但還是有下過心思。

「說得也是，既然你的眼睛看不見，那靠耳朵記住客人就好。」

接著老闆繼續闡述了自己的想法。

「要是客人過了寄物期限也沒有來拿回去，寄放的物品就歸我所有。我打算規定客人必須事前付款，如果提早在期限之前來領取，我會歸還寄放的物品，但是不會退還差額。」

「聽起來不錯啊。感覺很有一回事嘛。」

芥龍聽得十分滿意。

青木提醒老闆：「也許會有客人花一百圓，把大型垃圾丟在這裡也說不定哦。」他似乎是擔心老闆的眼睛看不見，可能會被客人騙。

老闆稍微想了一想後說：「到時候就由我來處理掉大型垃圾。」

「這樣小心會虧本啊。」青木說。不過芥龍卻從容地表示：「做生意多少都要承擔風險啊。」

「生意人要懂得在社會上展現誠意。」

芥龍從剛才開始，就說得好像自己經營過百年生意一樣。小生覺得這實在愚蠢至極，青木也擺出了忍著笑意的神情。

老闆應了一聲「好」，一臉嚴肅地點了點頭。雖然他看著老實，但能夠好好表達自己的意見，這種人現在已經很少見了吧？不過小生只知道家具行和芥龍房間的世界，其實也不是很清楚。

芥龍一回到和室房，便正襟危坐地問老闆：「那麼，將來你打算怎麼辦呢？」

「將來？」

「在十年後、二十年後，你對這家店有什麼期許嗎？」

小生覺得太可笑了，因為這句話，就是青木他們平常對芥龍說的話。面對這個問題，芥龍會不切實際地說「到時候我應該已經成為芥川龍之介了」，讓大家哭笑不得。

老闆沉默了一會兒，然後說：「我沒有任何期許。」

芥龍滿臉詫異，青木也是。

老闆像在仔細探索自己的心情似地說道。

「我只是覺得如果是我能力所及的事，就全力以赴去做。就只是這樣而已。」

年輕老闆的聲音聽起來沒有熱忱，卻也不冷漠。

「你現在幾歲？」芥龍說。

「我十七歲。」

「你曾經有過夢想嗎？」

老闆似乎想了一陣子。他正在問自己有沒有思考過關於夢想的事。

不管是期許還是夢想，連這種只要耍帥一下隨便回答就好的問題，他一樣也會深思熟慮，老實地一一答覆，個性看起來十分耿直。

「我以前讀書的時候，是在啟明學校的宿舍裡生活。我不曾感到拘束，也有交到好朋友。可是我一直希望有一天，能夠在這間自己從小長大的屋子再生活一次。」

「這就是你的夢想？你說在這裡生活嗎？這裡本來就是你家吧？」

「是的。我並不覺得這是值得向人高談闊論的夢想。不過該怎麼說呢，我的腦袋裡只想著要在這裡認真去做能力所及的事。其實我也經歷過一段不曉得自己能做什麼的迷惘時期，但我現在已經下定決心要經營寄物商的生意，全身充滿了幹勁。」

老闆一臉心曠神怡，內心彷彿佈滿玻璃一般地透明可見。

芥龍沉默了許久，最後他咕噥著問道：「啟明學校裡都是什麼樣的老師？」

「什麼意思？」

「大家會親力親為嗎？和一般學校比起來有什麼不同？」

老闆大概回想起了什麼吧，露出片刻懷念又落寞的成熟表情，轉眼之間又立刻恢復成少年的模樣說：

「我沒有在一般學校上學的經驗，所以我不曉得。」

此時傳來麻雀啾啾鳴聲。外頭已經漸漸變得明亮，天馬上就要亮了。

芥龍說：「寄物商的生意說不定會意外地興隆吧。」

「因為人類是貪婪的生物，都覺得東西要越多越好，但又有不想把那些放在視線裡的習性。」

沒想到會從芥龍口中聽到小生平常的心情，真是讓人嚇一跳。物品和人類相處久了，可能連想法也會慢慢相近。

芥龍又接著講述自己的想法。

「一旦從眼前消失之後，就有辦法測量自己與那樣東西之間的距離。像這樣的店家，或許真的有存在的必要。」

原來如此。小生缺少的就是抽屜，所以才會不受歡迎。說不定這家店在之後，會逐漸在人們心中成為抽屜一般的存在。

老闆說：「謝謝你。我有信心多了。」他閃爍著猶如玻璃的眼眸。

芥龍滿意地點點頭，說著「那我就來當第一號客人」，砰的一聲拍了拍小生。

「幫我保管這個吧。」

老闆伸出手觸摸小生。他的手掌好像很乾淨，冰冰涼涼的。他摸遍了小生的全身上下，似乎是想確認形狀。從他的掌心可以感受到年輕的生命氣息。

「是文几嗎？」

「沒錯。」

「請問要寄放幾天呢？」

「這個嘛，寄放兩百天。」

「兩百天？」青木發出了驚呼聲。

「你身上有帶錢嗎？我可沒有哦。」

芥龍不慌不忙地從懷中取出兩萬圓，放在老闆的掌心。他把媽媽給的錢原封不動全部交給老闆。

老闆表情認真地觸摸著紙鈔。

「你分不分得出來啊？」芥龍說。

「沒錯，正好是二萬圓，我確實收下了。」

芥龍說了句「我要走了」，起身站起來。

青木雖然嘴上說著「這樣好嗎」，但他還是套上了鞋。芥龍則是一邊頻頻點頭一邊穿上木屐。

「拜拜啦。」芥龍語畢，老闆便低下頭說：「謝謝惠顧。」

芥龍斥責道：「這樣不對吧！」

「你還要問我的名字吧？」

簡直就像在培訓一樣，芥龍根本是以老師自居了嘛。

老闆一臉恍然大悟地問：「請問貴姓大名？」

芥龍抬頭挺胸答道。

「芥川龍之介。」

老闆臉上冒出「咦？」的疑惑表情，芥龍和青木就這樣離開了。芥龍的木屐聲逐漸變得越來越小。取而代之的是太陽升起，外頭微微吹起了神清氣爽的風。

於是，小生變成「芥川龍之介寄放的物品」，要在這裡度過兩百天，同時芥龍終於成為了芥川龍之介。他用違規的招式實現夢想了。

由於小生是客人寄放的物品，所以不是放在店面，而是被搬到後面的房間。老闆絕對不會在小生身上擺放其他東西。他小心翼翼地保管被寄放的小生，每隔兩天就會用乾毛巾擦拭一遍。老闆和芥龍不同，愛乾淨又講求規矩，生活十分規律。

每天早上六點起床後，老闆首先會好好洗個臉，用肥皂仔細地清洗。接著依照芥龍的指示在七點開店，十一點午休，下午又從三點開始營業到晚上七點。然後在營業的時候掛上門簾。

與芥龍預測的一樣，寄物店的生意出乎意料地興隆，拿東西來寄放的人猶如雨後春筍。可惜小生不是待在店面，無法掌握到所有狀況，但如果有發生一點小騷動的話，待在後面的房間也聽得到。

曾經有人帶了房子的權狀來店裡。

「家裡因為遺產吵得不可開交，我想從貪心的兒子手上保護好遺產。」有個老婦人來寄放了權狀，可是她的兒子卻在之後跑來說：「那是我母親胡思亂想。麻煩把權狀還來。」老闆以有保密義務為由，堅定地拒絕了對方，然而幾天後就有律師帶著醫生的診斷書來，老闆才終於同意歸還物品。在這件麻煩事平息以前，老闆都會在後面房間調查法律相關的資料，幾乎不眠不休地在想辦法。由於眼睛看不見的關係，他是利用有聲資料在調查，忙得焦頭爛額。老闆曾說他對未來沒有期許，想全力去做自己能力所及的事，現在看來他的決心確實無庸置疑。與老闆相比，小生覺得芥龍的努力根本等同沒有一樣。

曾有人帶著獨角仙連同籠子拿來保管，有人則是寄放了訂婚戒指；有時候是古老的時鐘，也有的時候很明顯就是大型垃圾。青木擔心的事雖然成真，老闆依然很認真地對待昆蟲和垃圾。

客人似乎都很依賴眼睛看不見的老闆。老闆不會過問寄放的物品，自己的長相也不會被記住。就是這些原因讓客人感到很放心吧。能讓客人覺得便利，對店家來說也是再好不過，因為客人一多，賺到的錢自然也會多了。

即使小生置身事外，每天還是過得很愉快。

像是聽聽老闆與客人之間的對話，或是和其他保管品一起相處，這些都能增廣小生的見聞。雖然暫時無法發揮身為文几的作用，但反正有訂下兩百天的期限，小生一點也不感到心急。小生其實也期待那傢伙會提早來迎接，不過可以趁現在累積知識，等到那傢伙跑來哭訴「阿穩，拜託你了」，小生就能說「你覺得這個主題如何」，迅速提供靈感讓那傢伙寫出曠世巨作，這樣小生便心滿意足了。

隨著生意的興隆，老闆在更後面的大房間加了門鎖，開始把寄放的物品收到那裡保管。當然小生也被放到了那個地方。這之後便無法窺探店裡的狀況，但還是能靠著來來去去的保管品想像外面的情況。

小生一直覺得兩百天十分久遠，沒想到不知不覺就要到了。

老闆似乎記得所有的寄物期限，總是會把快到期的物品放在保管室的門口附近。小生也終於被擺到門口那裡了。小生已經在摩拳擦掌，想要趕快以文几的身分來生活。不再是寄放在這裡的物品，是作為「芥龍的阿穩」而存在。

那一天總算來臨了。那是個物品出入特別頻繁的日子。老闆在保管室來來回回了好幾趟。小生每次都以為「終於輪到小生了！」，然而老闆卻連碰也不碰地經過小生的身邊。老闆好像也很在意的樣子，到了傍晚的時候，他就像是要確認小生的存在一樣，輕輕摸了摸小生。

好長好長的一天過去了。感覺上是比待在家具行、生活在金字塔底層的那幾個月還漫長的一天。芥龍訂定的打烊時間早已過了，但他依然沒有現身。

此時小生想起了芥龍的那句話。

「一旦從眼前消失，就有辦法測量自己與那樣東西之間的距離。」

在與小生分隔兩地的這段日子中，芥龍說不定發現自己「不再需要文几」了。

不，等一下哦。

芥龍在寄放小生的那個瞬間，他就成為了芥川龍之介，所以他可能早就已經不再需要小生了。

不，等一下哦。

或許他從一開始就打算丟掉小生，才會把小生放在這裡。兩萬圓並不是寄物費，而是贊助寄物商的資金也說不定。

不，等一下哦。

說不定芥龍現在已經在當畢卡索了。

不，等一下哦。

也許芥龍那天在回去的路上遭遇交通事故死掉了。

芥龍他、芥龍他、芥龍他。

嗯，再怎麼想也沒有意義了。

總之小生就這樣歸為寄物商的老闆所有了。

老闆會把超過寄物期限的物品拿去賣掉或丟掉，然而小生卻沒有受到處置，而是被放到了店內。

雖然這句話由自己來說有點怪，不過文几真是適合和室房。擺上了小生之後，感覺這家店才終於有了店家的模樣。

老闆把小生放在和室房的最裡面，坐在那裡等著客人光臨。他時常單耳戴著耳機收聽廣播。店裡的牆上掛著兩百天前還沒有的古老時鐘，每一小時會敲響時間，發出砰一聲或是砰砰兩聲又或是砰砰砰的聲音。這個時鐘也是超過寄物期限的東西。

即使時鐘卯足全力地提醒「時間正在流逝哦」，寄物商這裡的時間卻彷彿暫停了。

老闆的手腳稍微長大了，雖然只有一點，但他是真的長大了。小生一直待在他的身邊，所以清楚得很。小生就是以此明白了時間正在慢慢前進。然而到了某個階段，當老闆的手腳不再長大，小生便難以掌握時間的流逝了。

這個時候，有個奇怪的客人出現了。

對方是個年輕女子，穿著露出手臂的衣服，頭髮捲啊捲啊捲的，並沒有出聲喚老闆。她在營業時間裡悄悄進來，一聲不吭地闖進了後面；老闆在打烊之後進入屋裡時，女子又會悄聲地跑出來待在店裡。她會把客用坐墊當成枕頭，在和室房裡呼呼大睡。到了早上，一到老闆要開門營業的時間，她又會溜進後面不出來。真是個不可思議的女子。

小生觀察這個女子好一陣子，發現她似乎是擅自跑進來寄住的。因為老闆的眼睛看不見，她好像覺得可以神不知鬼不覺，在屋裡和店面來去自如。

她是離家出走嗎？或許是被警察追著跑的罪犯也說不定。待在這裡確實就不需要住宿費了。她有時候會去外面買便當回來，大口大口吃得津津有味。這個女子真是大膽又少根筋，她並不懂眼睛看不見的人有多麼敏銳。

客人只是穿過門簾，老闆就會把頭抬起來。他好像能聽見門簾搖晃擺動的聲音，甚至連風也察覺得到。老闆可以透過空氣的微弱動靜來辨別門是不是開著，能掌握客人站立的位置，對氣味也十分敏感，總是把發霉的地方擦得一乾二淨。

一個女子在屋裡和店面來來去去，老闆不可能沒有察覺到。

怪異的是，老闆卻假裝自己沒有發現。他若無其事地過著一如往常的生活。說不定他其實很享受有外人的存在。就算女子不小心發出喀噠聲響，神情緊張地看向老闆，老闆還是會裝作完全沒聽到。

現在回頭想想，芥龍的人生一直是熱鬧非凡，有好幾個朋友會在家裡進進出出，家人還特地跑來想把他抓回老家。即使待在社會的角落，他仍然過著喧鬧熙攘的人生。相較之下，老闆則是孤伶伶的，雖然父母似乎還健在，但在小生的所知範圍中，他們從未來探望過老闆。

某一天，那個女子要從和室房下來時，卻不小心滑跤，正巧老闆從後面走出來，立刻伸手扶住了她，女子才沒有摔落下來。

她一臉詫異，逃難似地躲進了屋裡，而老闆卻像什麼事也沒發生一樣，走到小生身邊坐了下來。

當天夜裡。

時鐘砰的一聲敲打了一下。已經是三更半夜了。原本待在店裡無所事事的女子緩緩起身，在小生身上放了七百圓之後便出去了。她在這裡待了一個禮拜，並付清了自己的寄物費後才離開。

於是老闆又變成一個人。

過了一陣子，又有別的女子現身。這次是個不怎麼年輕的阿姨。她說自己在做點字義工，然後放下沉沉的點字書。寄物商開業以來已經過了八年，老闆現在二十五歲了。

從這一天起，老闆開始會在小生身上閱讀點字書。他會一邊讀點字書一邊等待客人到來。這就成為了老闆的招牌模式。沉甸甸的紙本重量，讓小生深刻地感受到自己身為文几的意義。

點字書都是很大一本。像小生這樣堅固又簡潔的設計，簡直是為了乘載點字書而生，擺起來特別剛好。

阿姨的名字叫相澤，最近不時會來造訪。她在各方面來說都是個不可思議的阿姨，似乎和老闆十分投合，兩人總是保持固定距離，在不知不覺之間維持著宛如親友般的和睦關係。

不久之後店裡出現了貓，又有音樂盒來到，慢慢多了幾個夥伴，包含門簾、玻璃櫃、時鐘與小生，簡直就像一支隊伍。雖說是隊伍，但我們並不會大喊什麼「耶耶哦」的打氣聲，是個若有似無的存在。

在芥龍的屋子裡，阿筆的地位比小生重要。小生底下的順序是美夢，再來是仙貝．尚和仙貝．夏的位置。雖然只是個小天地，在那間屋子裡卻有著階級制度。

不過在寄物商這裡就沒有那回事了。無論是音樂盒、玻璃櫃、門簾、時鐘、貓還是小生，對老闆而言都只是身邊的物品罷了。老闆不會幫物品取名字，連貓也是，老闆一開始都只喚牠作貓咪，是在其他人的幾番建議下，才終於幫牠取名叫「社長」，像是在開玩笑的名字。

我們對於老闆來說就是風景，而且是無可取代的風景。這片風景對老闆來說不可或缺，他真心愛護，且珍惜相待。

這支寄物商隊伍的成員都明白這件事，抱著不可思議的共同意識，一起扶持並守護著老闆。大家各自懷有不同的想法，像那個門簾就愛上了老闆，玻璃櫃似乎很中意音樂盒。要是可以的話，小生也希望那個可愛的音樂盒能放在自己身上，讓小生聽聽音樂盒的歌聲。回到正題，總之整體來說，大家都十分滿意現在的生活。

後來有一天，有個穿著靛藍色西裝的中年男子走進店裡。

現在雖是營業時間，老闆卻不在店裡，小生只好勉為其難地說了句「歡迎光臨」。果然有說就是有差。小生真的發出了聲音。

那個中年男子說了一聲「喲」。仔細看看這個人，他不就是芥龍嗎！

他的頭髮梳成了三七頭，髮絲之間交雜著一點白髮。

「你總算來接小生了。來得還真晚啊。」

小生雀躍不已，聲音在微微顫抖。

芥龍看起來很平靜，望著小生身上的點字書說：「阿穩，看來你有認真在工作嘛。」接著他緩緩地環視店內，「老闆也有好好在做生意的樣子。」他滿意地自言自語。

芥龍沒有脫鞋，也沒有登上和室房。

小生隱約發現他並不是來迎接小生的，心中冒出了遺憾的心情，同時也覺得鬆了一口氣。這並不是在逞強。能在那個屋子裡被喚作阿穩是不錯，但在店裡扛著點字書的工作也讓人難以取捨。小生的心裡五味雜陳，不是只有一種心情而已。就跟芥龍以前說的一樣。

既然難得可以說話，就和他再多聊一點看看吧。

「芥龍，現在的你在做些什麼？」

芥龍不好意思地笑了笑，輕聲說：

「我去當了一下老師啦。」
太令人驚訝了！這傢伙，沒想到他竟然有虎牙，還有酒窩。這可是小生第一次見到芥龍的笑臉。
小生突然就明白了。明白這個叫芥龍的人。
他打從一開始就想當老師了。大概是因為很喜歡父親，他才想變成像父親那樣的人。但是父親嘴上老愛夢想長夢想短的，於是他陪著父親追夢。小生沒說錯吧？你真是笨啊，芥龍。難怪你會填不滿稿紙。
原來如此，在當老師啊。芥龍天生具有吸引正經人的才能，想必他一定能好好栽培學生吧。當老師就是他的天職。
小生放下心中的大石頭後，開始想捉弄一下芥龍。
「小生有個好點子。」
「哦？你說來聽聽吧。」芥龍一臉正經地交叉著手臂。
「把那間公寓作為小說的舞臺怎麼樣？有阿筆和美夢，還有仙貝・尚及仙貝・廈。小生當然也會登場。小生允許你愛怎麼寫就怎麼寫。讓青木他們也出場，就像是私小說一樣的作品。你就寫寫看吧。現在的你說不定能寫出五頁哦。」

「不賴耶，這真是個不錯的點子。」

芥龍認同地點了點頭。他只是配合話題在點頭，小生清楚得很。但小生還是想再多聊一下夢想。

「你雖然當不成芥川龍之介，至少還有機會能拿到芥川獎。不，你一定拿得到。要是能拿到芥川獎，大家絕對會很開心的。你老爸肯定會喜極而泣。」

「是啊，老爸在九泉之下一定也會很開心吧。」芥龍說。

小生在寄物商這裡增廣了見聞，跟著學到不少知識，所以聽得懂九泉之下是什麼意思。寄物商外面經歷了歲月流逝，這種事也是在所難免吧。

「幫我跟老闆打聲招呼吧。」芥龍說完之後就打算速速離去。雖然這樣很纏人，可是小生有個無論如何都想知道的真相，便開口叫住了他。

「欸，芥龍。媽媽唯一的願望到底是什麼啊？」

芥龍回過頭來。

「告訴小生吧，只有這件事讓小生特別在意。」

芥龍露出了虎牙。

「就是要笑著生活啊。」

才剛聽到語尾的「啊」，芥龍便瞬間消失，原本的地方站著另一個客人，對方還正在跟老闆講話。

小生是在做夢嗎？做了一個芥龍來到店裡的夢。

這個客人是圓滾滾的大叔，絕對不可能是芥龍，而且身邊還帶著一隻大狗。

「像是餵飯還有上廁所什麼的，要勞煩你幫幫忙了。」他這麼說著。

怎麼啦。老闆，這次你要保管狗了嗎？老闆神情嚴肅，仔細聽著客人教他照顧狗的方式。哎呀呀，真的沒問題嗎？

不過話說回來，小生竟然會夢到芥龍。

這表示在小生心中的一角，還在等著芥龍吧。小生可能還在留戀那個叫做阿穩的名字。感覺對老闆有點不太好意思。不過，小生倒也覺得這下扯平了。其實老闆也在等著某個人。不只小生，寄物商隊伍的所有成員應該都隱約察覺到了。

老闆在漫長到讓人恍神的時光中等待著，沒有怨言也不焦急，並同時做著寄物商的生意。他是真心誠意地在扮演他人人生中的抽屜。實在太了不起了。

小生也全心投入支撐點字書的工作吧。

如同剛才的夢境一樣，芥龍現在大概是個老師，他肯定是笑著在過生活吧。

那傢伙把小生帶來這裡寄放的那晚，雖然他左一句右一句，頤指氣使地在指揮年輕的老闆，但是他的內心一定深深受到了感動。

尚未成年的老闆，獨自待在這麼寂寞的地方，說著「想全力去做能力所及的事」。他應該是被老闆的態度打動，才會決定自己也要這麼做做看吧。因為當時的老闆，就像前一刻看到的星星一樣純潔，閃爍著動人的光輝。

芥龍總算在小生面前露出虎牙了。

他的母親終於實現唯一的願望，想必也開心極了吧。

藍色鉛筆

我第一次，偷了東西。我偷了一枝2B鉛筆。

是拿起來很合手、帶有弧度的六角柱體，呈現著從來沒被削過的完整形狀。筆桿是鮮豔的海藍色。與其說是藍色，感覺更偏向海藍，就像在外婆家望見的大海顏色。

我上小學前，有一次盂蘭盆節去外婆家玩，外婆就在沿廊邊告訴過我：

「妳看，那片海的名字叫太平洋哦。」

只要一想起外婆，那股來自大海、那股潮水的香氣便會甦醒過來，從我的鼻子深處直衝而上。

外婆住在鎌倉，她把院子裡的橘子樹喚作「冬實」，把積雨雲稱為「雲兒」。所以當時的我以為太平洋也是外婆取的名字。

我待在東京自己那照不到陽光的二坪半房間裡，望著太平洋色的鉛筆時，旁邊突然伸出一隻手，鉛筆頓時失去蹤影。

「好、漂、亮。」

是直樹。他笑瞇瞇地把鉛筆放進了嘴裡。雖然我趕緊搶了回來，鮮豔的海藍色屁股上還是印了小小的齒痕。這要怎麼辦才好？

直樹在地上翻身，不停地揮動手腳，一發不可收拾地大哭起來。想哭的人是我才對吧。

「這是在做什麼！」

媽媽在大喊。她怒瞪雙眼跑過來，抱起了直樹。

「有沒有受傷？痛不痛？」

我覺得自己好像受到責備一樣。直樹沒有停止哭泣，因為要是停下哭聲，最愛的媽媽就會回去廚房了。

我把鉛筆輕輕地藏進手提袋中。「我可沒有撞他哦。」我說。

媽媽雖然嘴上說著「我知道」，眼睛卻看向了我這邊。她的眼神正在訴說著：「妳不能再溫柔點嗎？妳是姊姊啊。」

我從三歲開始就一直在當「姊姊」。這個春天我成為國中生，而直樹應該要讀小學四年級，如果他有去上學的話。可以一輩子當個小嬰兒的特別孩子，那就是我的弟弟直樹。

我聽著背後響起的哭聲，拿著手提袋走出家門。

外頭有車子的聲音，也聽得到風聲。然而，我卻覺得十分安靜。沒有比直樹的腳步聲和哭聲更吵的聲音了。

媽媽沒有發現，其實我正在離家出走。手提袋裡的錢包裝著我的全部財產。為了隨時能離家出走，我總是這麼準備著。一萬七千八百圓。不對，上禮拜我買了漫畫雜誌，所以是一萬七千三百圓。這下我自由了。

我神清氣爽地往前走，眼前出現一條小河。周圍架設了鐵欄杆，以防有人靠近河邊。我先朝著水流的反方向邁步走去。這是我平常不會走的路。漫無目的地向前走了許久，我才發現自己竟然直接穿著制服就出門了。這讓我腦中忽地想起今天在學校發生的事。

「裡面有一枝還沒削過的筆。好想看一下哦。」

在午休時間的教室裡，由梨繪這麼說著。她的視線前方是一只玫瑰粉色的筆盒，皮革製，看起來很高檔，是以前從來沒看過的款式。應該是國外製造的吧。它就在轉學生的桌上。

我在最後面的靠窗座位聽著這番話。這裡是個日照良好的位子，讓我的腦袋都曬到迷糊了。我的前面是由梨繪的座位，我看不到她的表情。她的光滑長髮照耀在陽光底下，有幾根髮絲閃耀著紅色光芒。我心想著是不是連頭髮也有血管流過。學校規定超過肩膀的頭髮一定要紮起來，但是由梨繪每到午休就會拆掉髮圈放下頭髮。好像綁太久就會頭痛的樣子。

彩花和睦美這時候就站在一旁。我們在休息時間會四個人聚在一起。開學典禮之後，班上的女生會謹慎地挑選同伴，在兩個禮拜內就會有幾個小團體成形。有人會以畢業的小學為中心，不過也有人想要全新的開始，我就是其中之一。由梨繪和我是同一所小學畢業的，彩花和睦美就不一樣了。由梨繪的身高很高，外型十分亮眼，在小學就很引人矚目。我以前從來沒有和她同班過，不過雖然當時沒有跟她說過話，我卻早就知道她的事了，全校沒有人不認識她。有她在的小團體一定會成為班上的中心，這就和太陽會從東邊升起一樣正常。由於小學時的跟班都被分到其他班，不曉得是不是連由梨繪也會覺得寂寞，她便向正好坐在後面的我搭話。

「妳可以幫我紮頭髮嗎？」

我覺得好高興，因為我也很寂寞。此後每回午休時間結束前，幫她紮頭髮便成為我的任務。

優秀的女生身邊會自然而然地有人聚集，於是彩花和睦美立刻成為了我們的一員。大家都想趕在五月遠足前找到自己的固定位置，所以每個人都鬆了一口氣，我也是一樣。沒想到這時候竟然有轉學生登場了。

「她是從北海道來的織田同學。」老師說。

她真的讓人非常印象深刻。有個名叫織田派翠夏的名字，還是金髮。她身高不是很高，臉蛋小巧又纖瘦，及肩的頭髮輕盈飄逸，肌膚的顏色就和「雲兒」一樣白，眼睛是宛如太平洋的海藍色。她身上穿著白色罩衫、靛藍色系的格紋裙，以及米白色的西裝外套。不知道是不是前一所學校的制服。她全身上下都和我們有所分別，而且是屬於「比較好」的等級。鞋子和筆盒還有室內鞋也是被分在「比較好」的等級。她的身上有著明星光環。

這個時機太不湊巧了。現在各個小團體才剛成立，還處於不穩定的階段，大家都不想掀起波瀾，沒有人會積極地和她說話。織田同學看起來一點也不排斥獨來獨往，休息時間都在讀書。這個落落大方的態度簡直是明星才有的氣勢。

想讓她加入小團體又不想接近比自己更有特色的女生，這兩種心情是不是在初代明星的由梨繪心裡各占了一半呢？由梨繪趁織田同學離開座位時偷看了她的筆記，還說著「她好像會寫日文耶」，看起來在意得不得了。

要是織田同學加入我們的小團體，優秀的女生就會變成兩個人，天下無敵了。不過，五個人的奇數數目會讓女生感到忐忑不安。由梨繪是不是想讓織田同學取代我呢？我在心裡這麼懷疑著。如果是更早一點的時期，我會很有自知之明地選擇退出，移動到其他小團體裡。可是這個時機太糟糕了。剛固定好沒多久的小團體討厭改變，根本找不到可以容身的地方。我沒有在遠足時一個人吃便當的勇氣。

就是在這個時候，由梨繪說：「裡面有一枝還沒削過的筆。好想看一下哦。」彩花和睦美尷尬地笑了笑，面面相覷。由梨繪看向後面的我，「正實，妳想不想看看？」她說。教室裡只有我們四個人而已。

為什麼我在那個時候會動起來呢？

我倏地站了起來，走近轉學生的桌子，打開玫瑰粉色的筆盒盒蓋。海藍色的鉛筆頓時映入我的眼簾。那是還沒削過的新品。我立刻明白由梨繪說的就是這一枝，迅速拿起筆後蓋上盒蓋，跑回去把筆遞到由梨繪的眼前。我的動作敏捷得驚人，心裡不但覺得洋洋得意，也認為由梨繪一定會接下筆。我正期待著聽到一句「謝謝」。

由梨繪神情驚訝，搖了搖頭。她的光滑髮絲在搖曳，我心想著自己做錯了。原來她不是說真的！鐘聲響起，彩花和睦美逃難似地回到了座位。其他女同學和男同學都走進了教室，我只好慌張地把鉛筆放進自己的書包裡。等我坐好之後看向前方，由梨繪的頭髮已經紮成一束了。就像在表示不需要我出手幫忙一樣，讓我感到好震驚。現在想想，畢竟我的手已經是偷過東西的手了。

第五堂課是數學課，雖然是我喜歡的科目，我卻完全聽不進腦袋裡。一想到自己不小心成為了小偷，我就覺得心窩好沉重，像心臟一樣在不停跳動。我不敢看向織田同學。不曉得她打開筆盒後會是什麼反應。總之她並沒有大吵著「鉛筆不見了」。

織田同學的座位在教室的正中央，這是老師為了讓轉學生融入班上所做的安排，但這樣只要一和她說話就會成為焦點。我覺得轉學生比較適合後面的座位。沒錯，我的座位就很適合她，而且這裡的日照很好。無論是和漂亮的由梨繪排在一起抑或是這個小團體，她都比我適合多了。

我們四個人放學後總是會聚在一起，但我卻稱自己有事，先一步離開了。我不希望她們對我說「快點還人家吧」。畢竟那本來就是理所當然的事，我的心裡也很明白。我無法說出「當初說想看的人是由梨繪吧」這樣的話。因為明明就是把玩笑話當真的我不好。

我原本也考慮過把偷來的鉛筆丟在回家路上，可是我怕自己的罪孽會變得更深重，最後還是帶回家了。偷偷地把筆放回織田同學的筆盒本來是最明智的方法，不過現在留下了直樹的齒痕，這方法已經行不通了。

我沿著河岸一邊走，一邊懊惱著自己為什麼要偷走鉛筆。我是不是想讓由梨繪看看派得上用場的自己呢？還是因為海藍色的鉛筆很美，我真的想占為己有？如果是後者的話，那我早就主動成為小偷了。

我走到稍微寬敞一點的馬路上，在這條路的對面，越過斑馬線就能看見老舊的商店街入口。那是明日町金平糖商店街。

晴空塔開始動工以後，這一帶開了好多新店家，然而這條商店街卻沒有消失，依然留了下來。這裡老舊落伍，是我一點興趣也沒有的地方，但媽媽似乎不時會過來。「那裡有一扇門哦。」我記得媽媽好像有這麼說過吧？當我問她「是什麼樣的門？」，媽媽卻回答了一個莫名其妙的答案：「是一扇讓人變輕鬆的門。」對大人來說，商店街一定是令人懷念的景色吧。

越過斑馬線走進商店街後，我意外發現自己對這裡留有淡淡的印象。我有來過這裡。是什麼時候啊？是剛上小學的時候吧，我不太確定。我有和媽媽一起來過這裡。是來做什麼的？我走到一半慢慢地想了起來。對了，三角尺。我們是來買那個的。在入學前事先買好的數學文具組，被直樹用後腳跟一踩，三角尺就斷了，當時媽媽也是先開口問「有沒有受傷」，第一時間就在擔心直樹。看到全新的三角尺斷掉，我哭了。我號啕大哭。因為要是不哭，媽媽就不會注意到我的慘劇。

我吵著要立刻買新的，和媽媽一起來到了這裡。

商店街中段有家小小的文具行，啊啊，文具行還在。我們就是在這裡買了三角尺，再到對面的茶屋門口吃霜淇淋。啊啊，那家店已經不在了。我記得那是秤重在賣日本茶的店，有個像是烘茶機的機器，看著它會讓人暈頭轉向。店裡有準備試喝的座位，霜淇淋就是在那邊買的，而媽媽那時候只有喝茶而已。

和媽媽兩個人單獨相處的時光。原來曾經有過這麼一段啊，我都忘光了。文具行的毛玻璃上，仍貼著被曬到泛黃的明日町金平糖商店街地圖，那張地圖上還留有茶屋的身影，不過現在那裡已經變成自助洗衣店了。我站在原地望著地圖，發現了一家奇妙的店，上面寫著「寄物商．SATOU」。

寄物商是什麼店啊？我納悶地往下走，一面藍色的門簾映入眼裡。門簾上用平假名文字寫著「SATOU」，看來就是這裡了。

那是一間很老舊的木造房子。一般店家通常會讓人一眼看出店裡在賣什麼。就算不是在賣東西，也會在招牌上清楚註明這裡可以剪頭髮啦、洗衣服啦，或是喝茶等等。

記得小學二年級的時候，社會科的考試有一道題目是「店家是個什麼樣的地方」。我回答「是人潮聚集的地方」，結果被打了個叉。正確答案應該是「買賣東西的地方」。

來東京參加法會的外婆和我站在同一陣線，說：「正實並沒有寫錯答案。像美容院也是一家店對吧。店家不是只會買賣東西而已。」外婆這麼告訴我。媽媽開口反駁：「但要是這樣回答，就會拿不到分數喔。」

寄物商的玻璃拉門是開的。

我稍微彎下腰，從門簾縫隙看到了裡面的模樣。有個男子坐在店的最裡面，正在用手撫摸一疊紙。紙張看起來很大，從文几上滿了出來。男子的頭髮短短的，臉蛋蒼白纖瘦，白白淨淨，沒有青春痘。他的眼神迷濛，不知道是在看向哪裡。

突然間，我的小腿肚有種被舔了一下的奇妙觸感。

「呀啊！」

我的喉嚨發出不像自己的聲音，連我都想問是誰在叫。有個白色物體咻一下奔過我的腳邊。是貓。是白色的貓。牠一跳上男子所在的和室房，便看向這裡用鼻子「哼」了一聲，像在用那雙讓人渾身不舒服的藍色眼睛瞪我。牠身上的毛看起來很毛躁，一點也不可愛。

「歡迎光臨。」

男子看向這裡。是讓人心平氣和的低沉聲音。那雙宛如玻璃般清澈透明的灰色眼眸正在看著我。就像是被那雙眼眸吸引了一樣，我自然而然地脫下鞋，登上了和室房。客人專用的坐墊圓鼓飽滿，坐起來很舒服。

男子起身從文几前緩緩地移動腳步。他一坐到我面前便微微一笑。

「請問是第一次光臨本店嗎？」

我點點頭，緊接著開口應了一聲「對」。

因為我注意到男子的眼睛看不到。不知道為什麼，我覺得鬆了一口氣。於是我鬆開了正襟危坐的雙腳。我不是放鬆整個坐姿，只是稍微輕鬆了一點。我發現被人盯著看竟然意外地備感壓力。

店裡只有這個人在，他似乎就是老闆。

我自在地張望店內，看到一旁有個玻璃櫃，裡面擺了又大又美麗的珠寶盒。珠寶盒旁邊放著一本老舊的書，是《小王子》。我記得外婆好像就是送我這個當作小學的入學賀禮。那似乎是部名著，封面看起來很有質感。外婆送的既不是小學書包也不是可愛的文具或衣服，而是一本書。雖然對外婆不好意思，但我記得自己當時有一點失望。

我最後有看那本書嗎？我想不起書的內容。書是放到哪裡去了啊？

「請問要寄放什麼東西呢？」

老闆溫柔地微笑著。

我從手提袋拿出鉛筆，擱在老闆的膝前。老闆似乎從聲音和氣息感覺到我的動作，只見他拿起筆說：「是枝鉛筆啊。」

「可以讓我寄放這個嗎？」我問道。老闆便說：「可以的，當然沒問題。」

「能寄放多久呢？」

「本店會在客人決定的期間內保管物品。」

「我來決定？幾天都行嗎？」

「是的。寄物費一天一百圓，是事前付款。」

聽到一百圓，我的腦中浮現了車站的寄物櫃。不曉得那種有沒有限制期限啊。

老闆繼續說明。

「請仔細考慮後再決定天數哦。即使在約定好的日期之前提早來領取，本店也不會退還差額；如果超過寄物期限沒有回來取物，寄放的物品就會由本店接收。」

由店家接收！

我想到了一個好點子。我只要寄放在這裡，到時候不要來拿就好了。這樣就能和這枝鉛筆一刀兩斷。我沒有勇氣拿去丟掉，但如果是寄放到不小心忘記的話，似乎就沒那麼罪孽深重了，這我應該可以辦得到。不過，我還有很多擔心的地方。

「請問寄放的東西，會被擺在玻璃櫃裡面嗎？」

「不會的，寄放的物品會收在後面的房間。這本書在很久以前就超過寄物期限，所以已經是我的東西了。旁邊的音樂盒雖然仍是寄放中的狀態，但是寄物期限很長，還訂定了偶爾要播放一下的條件，我才會特別放在這裡。」

「原來那不是珠寶盒，是個音樂盒啊。」

「是的。裡面沒有裝珠寶哦。」

老闆的說話方式聽起來很舒適。既不像老師那樣高高在上，又不像朋友那般親近，也不像媽媽或爸爸會咄咄逼人。老闆的聲音輕柔飄逸，不會糾纏不清，宛如路途上的風景一般，而且還是特別美麗的景色。

我靠近玻璃櫃，看了看音樂盒。我的鼻息讓玻璃起了霧。反正老闆看不見，我一點也不覺得丟臉。

「要聽聽看嗎？」

老闆從玻璃櫃拿出音樂盒，轉了轉底下的發條。他用大大的手嘰咿、嘰咿、嘰咿咿地轉了幾圈後，把音樂盒擱在我的面前。「請打開盒蓋看看。」他說。

一打開結實沉重的盒蓋，就響起細緻輕巧的聲音。是令人驚豔的清澈樂音，旋律聽起來柔和，卻又帶有一絲寂寥。聽了能讓心情平靜，可是又說不上是愉快，就是這樣的感覺。

原本坐在老闆身後那隻不可愛的白貓，開始配合旋律在榻榻米上蹭著後背，歪歪扭扭地滾來滾去。牠的模樣實在太逗趣，我不禁發出了呵呵笑聲。樂曲終了，空氣中仍然殘留著溫暖的餘韻。

我覺得心情變得好輕鬆，然後下定了決心。我決定要將鉛筆寄放在這裡了。

我訂定的寄放期限是三天。雖然我不會再回來拿，但才過一天就要被店家處理掉實在有點過意不去，我便從手提袋裡的錢包拿出三百圓付帳。為了一枝鉛筆花上三百圓，我的罪惡感都消失了。

回家的路上，我的腳步好輕快。手提袋裡沒有海藍色的鉛筆。不過是少了一枝鉛筆，我卻覺得手提袋變得好輕，連心情也輕盈許多。

一回到家，我就聞到了漢堡排的味道。是直樹最愛吃的東西。幸好我沒有離家出走，因為我也很愛吃漢堡排。我沒有報備一聲就進了自己的房間，開始換上居家服。這不是我第一次離家出走，雖然我常常這麼做，但都還是會在當天就回家。將來有一天我一定要真的離家出走。

我換好衣服後看了看書架，上面沒有《小王子》。

今天只有我跟媽媽兩個人吃飯。直樹已經睡著了。我運氣真好，這下可以好好吃頓飯了。爸爸平常都很晚回家，不會在家裡吃晚飯。爸爸總是很體貼必須費心照顧直樹的媽媽，會自己處理自己的事情。他放假的時候也會盡量待在家裡，想幫媽媽減輕負擔，但我倒覺得這似乎只有反效果。

「以前外婆送我的那本書，妳是不是丟了？」

我一邊吃飯一邊問。媽媽立刻就知道我在問什麼：「妳說那本《小王子》嗎？就放在直樹的房間啊。」

「直樹房間？為什麼？」

「我有時候會唸給他聽。他很喜歡那本書。」

「直樹他懂嗎？」

媽媽停下筷子嘆了一口氣，語重心長地說：「他懂啊。」

真沒意思。

「那明明是送給我的。」我一這麼說，媽媽便瞪了過來。她大概是想說我以前根本沒在看，憑什麼開口抱怨吧。

「姊姊妳可能看不懂吧。」

媽媽平靜地說。我就像是被漢堡排的油堵住了喉嚨，心裡好難受。

「其實媽媽一開始也看不太懂喔。那本書對大人來說也滿困難的，看不懂的人可能一輩子都不會懂吧。」

「那本書很難嗎？」

「文章本身很簡單，誰都看得懂文章的意思。不過要理解更深的意涵就沒那麼容易了。」

「明明是很難的書，為什麼妳會想唸給直樹聽？」

媽媽停下筷子笑了笑。

「是直樹自己先看的。」

「他自己？他看得懂嗎？」

「與其說是閱讀，應該說是一直盯著看。只不過不是在家裡就是了。」

「在外面？」

媽媽點了點頭。

「直樹打開那本書，表情認真地盯著看。簡直就像真的在讀書一樣。」

我試著想像了一下那個畫面。直樹在書店閱讀《小王子》。不可能不可能。在書店撕破雜誌，或是在超市把香蕉弄斷，這樣才是直樹。我看過好幾次媽媽向店員低頭道歉、付錢賠償的身影。

「他乖乖在看嗎？」

「是啊。真是嚇了我一跳呢。沒想到直樹竟然會乖乖待著。我想起家裡有同樣的書之後，就每天唸給他聽。直樹一看到插圖就會停下來，老是沒辦法繼續往下，可是我在唸的時候他都很乖哦。」

「哦。」

「妳也看看那本書吧。外婆就是希望妳看，才會送妳那本書的。」

「嗯。」

外婆明明特地送給我，我好後悔自己竟然沒有打開看。直樹搶在我之前看過也令人好不甘心。外婆肯定一直在等我告訴她讀後感想吧。現在就算閱讀了，也已經無法告訴她了。我不想事到如今才去看。

「外婆為什麼會死掉啊。」

我一這麼滴咕，媽媽的眼眶便紅了。

我很喜歡外婆，我猜媽媽一定比我更喜歡。因為她是外婆的女兒嘛。

外婆是在三個月前去世的。她常說自己從小體弱多病，以前大家都說她活不過十歲，能活到七十歲真是個奇蹟。

喪禮在鎌倉的外婆家舉行。我因為流感臥病在床，便一個人留下來看家。家裡沒有直樹在就會變得很安靜，卻也安靜過頭到讓人不安。我昏昏沉沉地看著天花板，本來還期待外婆會變成幽靈來照顧我，但最後她還是沒有現身。對於沒有去參加喪禮的我來說，外婆依然活在那個家。她到現在還在那間看得見海的房子裡。

我發現自己會忍不住偷走鉛筆，可能也是因為那枝鉛筆的顏色和太平洋一樣。

媽媽用心平氣和的語氣說道。

「外婆就在姊姊和直樹的裡面哦。」

「在我和直樹的裡面?我們和外婆長得不太像吧。」

「你們兩個人的名字都是外婆取的，正實和直樹。名字裡都有外婆最重視、代表誠實的『正直』兩個字對吧?」

我心裡一驚。

我的名字，原來是外婆取的啊。因為以前不知道，我還對外婆說過「這個名字好不起眼，我不喜歡」。

這麼說起來，外婆的確很注重誠實。她以前有說「一旦扭曲了真相，社會就會複雜起來」。她也曾說過「只要誠實以對，做自己就好了」。

「外婆沒有說過謊嗎?」我問。外婆卻出乎意料地回答:「有啊。」

「我們也會遇到非說謊不可的時候。不過那不是為了自己，而是在保護別人哦。」

外婆這麼說著，露出了微笑。

我的心窩再度沉重了起來。付了三百圓，原本應該消失的罪惡感又復活了。坦承自己偷了東西並物歸原主，這才是誠實的人該有的行為。

那天晚上我輾轉難眠，本來想著要是到早上都睡不著就向學校請假，但卻在清晨的麻雀叫聲中睡著了，只好勉為其難去上學。

那天的我還沒辦法坦誠以對。我花了三天時間，才終於變得誠實。我總算向織田同學開口了。

織田同學吃完營養午餐後走到走廊，我追上前輕聲對她說道。

「那枝海藍色的鉛筆，不見了對不對？」

織田同學回過頭來看了我。是海藍色的眼睛，是很適合那枝鉛筆的眼睛。

我才剛說出「那是我」幾個字，便語塞了。我不可以在這裡哭。要是在走廊哭出來，事情就會鬧大，好不容易成形的小團體和今後的校園生活都會變得一團糟。

織田同學抓住我的手腕，猛然把我拉了過去。我就這樣被拉著，和她一起往前走。織田同學走到走廊盡頭後才終於放開手。這裡沒有其他人。我想哭的心情神奇地消失了。

「筆在哪兒？能拿出來給我看嗎？」

織田同學的口中冒出了關西腔。她轉學來的第一天是怎麼打招呼來著？金髮藍眼加上關西腔。一點也不相襯。而且老師明明說她是從北海道轉過來的。

「現在不在我手邊。但我明天就還妳。絕對會還。」

「妳帶回家啦？」

藍眼睛直直看著我。大概是因為關西腔的關係吧，我莫名地沒有受到責罵的感覺。

「我放在寄物商……」

「寄物商是啥？」

「我請寄物商幫忙保管了。」

「妳在說啥？我完全聽不懂。」

織田同學像西方人那樣聳了聳肩。關西腔和西方人的舉動實在太不搭調，簡直就像在看搞笑節目一樣有趣。

「那是商店街上的一家店。今天回家的時候，我會繞去那裡拿回來。我明天一定還妳。」

「我也要去。可以和妳一起去嗎？」

我好驚訝。因為太驚訝，我不小心就答應了。

「感恩啦。」織田笑了笑。

織田同學向偷走鉛筆的我道謝了。她明白是我偷了鉛筆嗎？話說我有道歉嗎？

「拜啦，放學見。」

織田同學朝後方轉了個圈，興高采烈地走掉了。簡直就像是和好朋友商量好一起出去玩的氛圍。

我帶著恍惚的心情回到了教室。彩花正在幫由梨繪紮頭髮，旁邊的睦美似乎在說著什麼。我一回到座位，三人便停止了對話。自從我偷了鉛筆之後，我們就尷尬得說不上話了。這不是在排擠或是欺負人，我們是在互相察言觀色，結果不小心讓氣氛變得不自在。

下午上課的時候，我一直在思考該如何和織田同學碰面，可是卻想不出好方法。放學後，織田同學便筆直地朝我走過來說「回家吧」。她十分顯眼。我猜班上的女生那時都在看著我們。

由梨繪沒有看向這裡。不過，我覺得她其實有在注意自己的身後。

我一語不發地和織田同學一起出了教室，沒有向大家道再見，也沒說要先走一步。我覺得自己已經無法再回去小團體裡了。但就在我配合織田同學的輕快腳步時，心裡的不安開始逐漸消失，變得神清氣爽。

織田同學斜背著一個長得像橄欖球、圓鼓飽滿的皮革包。那是個咖啡色的包包，織田同學一走路就會左右搖擺。

「我只是想看一下而已。」

我一邊走一邊向織田同學解釋。

「我本來打算馬上還妳，卻一直說不出口。」

織田同學默不吭聲地走著。我突然想起還有其他該報告的事。

「只是上面不小心留下了一點痕跡。」

「痕跡？」

織田同學看向我這邊，海藍色的眼睛閃閃發光。

「我弟弟咬了筆，結果就留下齒痕了。只有一點而已。」

「『一點』是妳的口頭禪嗎？」

「呃，這個是——」

「有留下痕跡呀。」

織田同學露出傷腦筋的神情。

「對不起。不曉得外面有沒有賣一模一樣的筆？我會賠妳的。」

「啊，有河耶！」

織田同學忽然大喊著跑了起來，把包包丟過了鐵欄杆。漂亮的咖啡色包包在河邊的草地咕咚咕咚地滾著。再繼續滾下去就會掉進河裡了。

「糟糕啦！」

織田同學用雙手撐著欄杆，嘿咻一聲，使出宛如奧運男子體操的那個叫什麼來著，對，就像在跳鞍馬一樣輕巧地越過欄杆，跳到河邊跑去追包包。好不容易撿起包包的她看向這裡笑著說：「安全上壘！」

「不能跑進去啦。」

「咦？真的嗎？」

織田同學東張西望地環顧四周。

「這邊沒有寫禁止進入幾個字啊。」她笑著向我招招手。

我一直以為欄杆另一邊是不可以進去的地方，我甚至從來沒有想過要進去。然而織田同學竟然轉眼間就跳了過去，讓我也想試著跨越欄杆。雖然我無法像她那樣，但只要用腳踩著就很簡單了。

河水在近處流過，水聲聽起來比平常更加清晰。我本來還很緊張，可是乖乖在欄杆另一側走路的人都沒有注意到我們，好像也看不到這裡。於是我開始越來越放鬆，和織田同學一邊走一邊呵呵笑。

「這個包包真好看耶。」我這麼一說，織田同學就說：「那來交換吧。」見我一臉驚訝，織田同學笑道：「走到寄物商為止啦。」

我把織田同學的包包掛在肩上，圓滾滾的部分撞到骨盆，無法背得很穩妥。我換成斜背之後才穩定了一些。

「那很難背吧。」織田同學說。

「山下同學的書包好棒哦。」

她竟然稱讚了我的書包。那是大家人手一個、人工皮革做的靛藍色書包。不過說真的，那書包一被她拿在手上就顯得特別好看，真是太奇妙了。

會跨越欄杆，又會獨自度過午休時間，頭髮還是金色的，織田同學的所有一切都與眾不同。

「這是什麼呀？」

織田同學拿起我掛在書包手把上的小袋子。

「那是御守[5]。」

「是在哪裡買的？」

「外面沒有賣啦，是我外婆親手縫的。」

那是外婆用舊和服做給我的御守，水滴形狀的造型，材質是絹布，深紫色的布料上點綴了小小的白色花瓣。這是我在上小學之前收到的，但是我不好意思掛在書包上，一直以來都收在書桌裡。外婆去世後，我想起這個之後便掛了起來。

織田同學從我手中拿回圓滾滾的包包，把裡面的東西攤在草地上。除了課本和筆記本外，還有漂亮的筆盒、刺繡手帕、紅通通的日誌、銀色的摺疊梳子，以及包裹著格紋布套的文庫書。

「妳有什麼想要的嗎？」織田同學一臉認真地問。

她要送我嗎？每一個都好看到讓人眼花撩亂。看我遲遲不動手，織田同學拿起筆盒遞到我的面前說：「這個怎麼樣？」

---

5 日式的護身符。

筆盒是玫瑰粉色，皮革材質，上面有花朵圖案做裝飾。要是帶這麼昂貴的東西回去，我一定會被媽媽罵的。

織田同學表情嚴肅地說：「可以用這個和妳換御守嗎？」

我搖了搖頭。

「不行？」

藍眼睛在窺探我的臉。和外婆家外面的那片大海一樣是海藍色。這樣真的看得見東西嗎？簡直就像玻璃一樣。顏色深淺會依照角度變化的這一點也和大海好像。看著藍眼睛的時候，我想起了自己偷走藍色鉛筆的事。

我把御守從自己的書包上拆下來，放在織田同學散落一地的物品上。

「不需要交換。這個送妳。」

織田同學一臉驚訝。

「我可以收下嗎？」

「嗯。」

「感謝妳。」

織田同學小心翼翼地拿起御守。我明明不太喜歡這個御守，但是當它交到織田同學的手中後，我頓時覺得它變得很重要，心裡寂寞了起來。

「織田同學明明是從北海道轉來的，為什麼是說關西腔呢？」

「我只在小樽待了一個月而已啦。當初沒有好好向大家解釋自己只有在北海道待一下。我也會說東京腔哦。」她突然改說了東京腔。「我也會說山形腔、博多腔和法語哦。」

「好厲害哦。」我欽佩地這麼說後，她便換回了關西腔：「是我的拿手絕活啦。」

「果然還是關西腔好耶。」

「我沒說錯吧。」織田同學笑道。

「不管去哪裡，還是關西腔最有人情味嘛。」她用一副大人的口氣說。

「差不多該出發了吧。」

織田同學將自己的東西放回包包，把我給的御守也一起收進去，接著背起自己的包包。交換遊戲結束了。看到那些漂亮東西消失在眼前雖然寂寞，卻也讓我鬆了一口氣。

走到寄物商後，老闆一如三天前那樣在用文几讀著點字書。他立刻注意到我們，微笑地說：「歡迎光臨。」

「我三天前有來這裡寄放鉛筆。」我說。

這時候老闆開口說：「是織田小姐對吧。」

我嚇了一跳。織田同學也嚇到了。

「我現在就去把寄放的東西拿過來，請進來稍待一會兒。兩位請上來坐吧。」老闆說完，便走到裡面消失了。

織田同學不安地看著我。

「為什麼他知道我的名字？我是第一次來耶。」

我一時說不出話來。老闆並不是認識織田同學，他是在稱呼我為「織田小姐」。我完全忘了這回事。三天前，老闆問我名字時，我不小心回答他「我叫織田」。因為有偷東西的罪惡感，我不敢說出自己的本名。

怎麼辦怎麼辦。

「奇怪?是點字書耶。他是不是眼睛看不見啊。他明明看不見，卻還是知道我們有兩個人，簡直就像魔法師耶。」

織田同學似乎覺得很有趣，開始竊笑了起來。還是別說我擅自用了她的名字吧。雖然我覺得老闆是因為腳步聲才辨認出有兩個人，但我還是配合地說：「這應該不是魔法，是超能力吧。」我越來越像個騙子了。

織田同學先一步脫下鞋子登上了和室房。我也跟在後面進去。今天白貓不在。玻璃櫃裡依舊排排放著音樂盒和《小王子》。我開始想改變一下話題。

「以前外婆有送我和那本一樣的書，可是卻被弟弟搶走了。結果我到最後都沒有看過。」

織田同學一邊說著「是哦」，一邊看向玻璃櫃。

老闆回來了。他坐到我們面前，拿出海藍色的鉛筆說：「是這個沒錯吧。」織田同學從旁邊伸手拿走了鉛筆。她緊緊握在手中，目不轉睛地盯著。看她殺氣騰騰地直盯著瞧，那想必是很重要的東西吧。可能是誰送給她的禮物。或許就是因為重要，才一直捨不得拿來削。而我就把這樣東西偷走了。

總之鉛筆平安地物歸原主，印上齒痕的事也道過歉了，儘管明天開始的校園生活讓人鬱卒，但我終於和這枝鉛筆毫無瓜葛了。

「我們回去吧。」我一這麼說，織田同學便對老闆說道。

「我也可以寄物嗎？」

「可以，當然沒問題。」

我看著織田同學，心想她到底要寄放什麼呢。就見織田同學把握在手中的鉛筆放回老闆的掌心。

「我要寄放這個。」

我大吃一驚。為什麼？為什麼非要把好不容易拿回來的鉛筆寄放在這裡？

「寄放一天是一百圓。」老闆說。

織田同學的包包裡沒有錢包，學校本來就禁止學生帶錢到校。

「明天再拿錢來可以嗎？明天我再決定要寄放多久。」織田同學說。

老闆答應了，並問了織田同學的名字。

我冒出一身冷汗。織田同學則是擺出納悶的臉。她歪頭想著老闆明明知道自己的名字，為什麼要問這個問題。我在織田同學的耳邊輕聲說道。

「寄物的時候都要確認客人的名字啊。這是必要的手續。」

織田同學大聲地說：「織田派翠夏！」

老闆的眉頭沒有絲毫動靜，他說：「那就交由本店保管了。」老闆可能以為我們是一對姊妹。老闆看不見織田同學的金髮和藍眼睛，就算誤會我和織田同學是姊妹也不奇怪。

於是海藍色的鉛筆又再度被放在寄物商這裡了。

我和織田同學一語不發地走在商店街上。

我帶她來明明是要還她鉛筆，以為這樣一切就結束了，結果現在鉛筆又寄放到了店裡。我覺得莫名其妙，心裡也很不踏實。是我先做壞事，偷了東西，但我現在很不愉快，還覺得有點生氣。

走到轉角處的時候，我說：「我家是往這邊。」

織田同學停下了腳步。她一臉欲言又止地看向我。織田同學是不是發現我擅自用了她的名字？我覺得好緊張，有股想要作嘔的感覺。

織田同學神情嚴肅地說道。

「那枝鉛筆，是我偷來的。」

胸口的悸動戛然而止，我驚訝得以為心臟要停了。

「從誰那裡偷的？什麼時候？」

「就是坐在妳前面的女生。」

我的腦海中浮現出光滑亮麗的長髮。

「由梨繪？」

「我不知道名字。」

織田同學直盯著我的臉。「我已經說了。說了真正的實話。」她的眼神彷彿在這麼對我說，並緊迫盯人地在表達：「妳不說嗎？不說妳用了人家的名字嗎？」

織田同學往後轉過身跑掉了。

那是由梨繪的鉛筆？

這是怎麼回事？

織田同學發現我在說謊？

我完全搞不懂。

我的耳朵深處響起了嗡嗡聲。頭也開始痛了起來。腦袋隱隱刺痛，又慢慢變得像在敲鑼打鼓一樣。

那天晚上我發燒了。媽媽放在我額頭上的冰毛巾一下子就變得溫熱。隔天雖然退燒，不過咳嗽還沒停下來。我一點食慾也沒有。「還是再觀察一下吧。」媽媽這麼說，我就沒有去學校上課了。直樹很吵，待在家裡其實無法好好休息，但是這也沒有辦法。接著不知不覺開始放起連假，我回到學校已經是兩個禮拜後的事了。

由梨繪溫柔地跑來對我說：「妳沒事吧？我好擔心妳哦。」她還幫我印了筆記，彩花和睦美也來關心我說：「妳的感冒拖了好久。」

「遠足的分組，我們擅自把妳算在同一組了。」由梨繪微笑道。

對於有沒有在小團體的溫柔迎接下感到鬆一口氣，其實我根本無暇關心這件事。

教室正中央的座位是空的。織田同學已經轉學了，聽說是在我回學校的前兩天轉走的。

由梨繪在和我獨處的時候說：「我有件事必須向妳道歉。」

「其實我不小心弄丟了堂姊送我的鉛筆。那是捷克製的可愛鉛筆。因為我發現織田同學的筆盒裡有枝很像的筆，就一直覺得很在意。為了確認，我才會讓正實做出那種事。對不起。因為要是我誤會織田同學會對她很不好意思，所以突然害怕起來，那時候才不敢收下筆。就在我想著要道歉的時候，正實就請假了，我一直覺得耿耿於懷。」

「原來是這樣啊。」

「我已經找到鉛筆了，就放在後面的失物招領箱，只是上面有一點小傷痕。所以那真的是我的誤會。那枝鉛筆，妳有幫我還給織田同學了吧？」

「嗯。我還給她了。」

「這樣啊，謝謝妳。」

由梨繪打開了筆盒，裡面好好地放著海藍色鉛筆，而且已經削過了。

「我以前一直捨不得削它，但拿著不用反而更浪費，所以後來就削來用了。」

由梨繪拿起鉛筆笑了笑。

鉛筆的屁股上有個小小的齒印。可是在我眼裡，那看起來已經是另一枝筆了。

放學後，我去了寄物商那裡。老闆正在接待客人。我對店裡有客人這件事感到很驚訝。我當然知道店家要有客人才能做生意，但還是嚇了一跳。

一位和媽媽差不多年紀的女士小心翼翼地抱住裹著白布的東西離開了。那看起來是個骨灰罈。沒想到連這種東西都有人拿來寄放。

「你好。」我才開口，老闆似乎就從聲音認出了我，「是織田小姐吧。」他說。

我對自己的謊言留下的痕跡感到鬱卒。

「我不叫織田。其實我的本名是山下正實。」

老闆沉默了一會兒，接著像是領悟到什麼似地點點頭。

「我等您很久了哦。織田小姐有來寄放要給您的東西。」

「咦？」

「她說如果山下正實小姐來了，要我把那樣東西交給您。」

「給我嗎？」

「是的。我現在就去拿過來，請稍等一下。」

老闆走進後面消失了。

我心想著，那一定是外婆的御守。

外婆喜歡誠實的人。我誠實地報上本名後，外婆的御守就會回來了。我猜應該是如此。外婆已經不在了，我想好好珍惜她留給我的東西。我很後悔當時把御守送出去，所以瞬間覺得鬆了一口氣。

我脫下鞋，坐在坐墊上等老闆回來。玻璃櫃裡一如往常地擺著音樂盒和《小王子》。我湧起一股想要翻閱的衝動。

我正想伸出手，突然感覺到大腿上有個沉甸甸的重物。是貓。那隻白貓踩過我的大腿走了過去，小小的肉球壓上了貓的體重，簡直痛得要命。我不高興地噓了一聲把牠趕走。

「社長做了什麼失禮的事嗎？」

老闆從後面走出來，坐到我的面前。

「社長？」

「是貓的名字。」

可恨的貓登上老闆的膝蓋，蜷成了一團。牠的態度會這麼大搖大擺，可能是因為名字的關係吧。我覺得名字有很大的影響力。我的名字是寫作端正的正，誠實的實，但我卻沒有自信可以端正地長大。這個名字就是外婆出給我的作業。

「這邊是寄放的物品。」

老闆手上拿的不是御守，而是包著格紋布套的文庫書。

「織田同學要把這個給我？」

「是的。」

打開文庫書一看，裡面寫著外文，書中附有奇怪的插圖。莫名其妙。我感到很失望。

織田同學帶著外婆的遺物消失了。但那是我自己要送給她的，拿不回來也沒辦法。

自從偷了鉛筆，我就老是在後悔。要是在我準備行動的時候，有個能提醒我「這樣會後悔」的警報器就好了。

「織田同學付了多少錢？她明明不曉得我會不會再來這裡。請問她寄放了幾天？」

老闆掛著微笑，搖了搖頭。大概是有保密義務吧。畢竟是織田同學，她可能嘴上說著明天再來付錢，結果就這樣把東西一直放在這裡了。又或許是老闆心地善良，讓她免費寄放。

我覺得這個老闆是可以依賴的大人，讓人覺得就算一直依賴著他，甚至不小心忘了寄物的事也不會怎麼樣。

回去吧。

「再見。」我低聲呢喃了一句，老闆的耳朵似乎很靈，有仔細聽到這句話，他對我說了聲「路上小心」。

我又偷東西了。

這次是Zippo牌的打火機。他並不抽菸，這是他父親的遺物，霧面銀色，上面刻著英文字母的K。

「Zippo牌的火力很穩，不會因為一點小風就熄滅的。」他會像這樣秀出火光給我看，也會自豪地說「帶去露營很方便哦」，可是他根本不會露什麼營。他隨身帶著大概會比較安心，像是護身符一樣吧。

我偷的就是這個。

我隱約覺得自己喜歡他，但是一想到這段戀情大概不會長久，就非常想要留點什麼下來，忍不住把打火機放進了自己的口袋。等他離開我家後，我只要在家盯著打火機的火光，滿足的心情就會比後悔更強烈。

我不經意地想起那個轉學生。是個金髮藍眼的女生。名字叫什麼來著？她是個有著奇怪名字的女生。我現在已經能明白她的心情了，畢竟才剛轉學過來，她一定感到十分不安吧。要是手邊能有一樣東西是來自於喜歡的人，就有辦法向前邁進。只要帶著那樣東西，就能永遠保留曾經存在於那裡的回憶和自己。她就是這麼想，才會從全校最漂亮的由梨繪那裡偷走鉛筆吧。

在那之後已經過了二十年。我雖然還記得由梨繪的名字，卻想不起轉學生的名字。因為她只有在班上待了一陣，是個像風一樣的人物。

我猜她每到了新環境，都習慣去偷東西吧。像是漂亮的筆盒還有包包，那些其實全部是偷來的。或許是因為我把御守直接送給她，讓她覺得自己已經不需要由梨繪的鉛筆，才會偷偷把鉛筆放進失物招領箱裡。

我現在住在鎌倉。

我在可以看到海景的家庭餐廳當店長，一個人生活在外婆以前住的那間六十年老屋。院子裡有冬實，天上則有雲兒。這裡有外婆取名的東西，可是外婆卻不在這裡。

實際住下來後，我發現太平洋的顏色其實沒那麼簡單。一下偏綠，一下偏水藍，有時候甚至還是灰色的。以前小時候來玩時，我明明覺得大海一直都是美麗的海藍色。難不成那是我記憶錯亂嗎？

這二十年來，我家發生了好多事。

首先，爸爸離開家裡了。那是在我讀高中的時候。大概是媽媽老是在照顧直樹，讓爸爸感到很寂寞吧。

媽媽為了上班，便把直樹送到了專門機構。但只要放假就一定會過去探望，還是一如既往地忙著關心直樹。我高中一畢業就搬了出去，在外婆家安頓下來。我輾轉換過不少打工，十年前在現在這家家庭餐廳定了下來。

老實說，我其實是在逃離直樹，跟爸爸做的事一樣。直樹到了十八歲便會離開機構，然後回來家裡。我就是想趕在那之前離開家。

以前我一直覺得只要不當姊姊就會變得輕鬆，結果還真的輕鬆多了。然而我也發現，原來樂得輕鬆並不是一件快樂的事。其實我很快就察覺到了，大概是在搬出來一個月左右。第一個月我還過得很快活，但沒過多久便開始覺得空虛。我心想自己被文字給騙了，樂得輕鬆和感到快樂根本是兩碼子事。這應該要換個文字來表達才對。

空虛的感覺讓人心浮氣躁，我曾和許多男人交往過，可是每一段都不長久。我的現任男友是供應蔬菜給餐廳的農家二兒子。他明明是老二，現在卻繼承了家業。老大好像在東京當上班族。

男友傳訊息來了。

「我找不到打火機，是不是忘在妳家了啊？」

我望著火焰，稍微隔了一段時間後回覆了訊息。

「我現在沒看見，我會幫你找找的。」

媽媽和直樹一起來家庭餐廳了。

媽媽每個月會和直樹來餐廳吃一次午餐。我都會很期待這一天。和家人偶爾團聚比較輕鬆。

餐廳的同事也很體貼我，讓我在這個時候換上便服和他們一起共進午餐。為了貢獻業績，我都是點最貴的餐。不過直樹還是一樣吃漢堡排就是了。

最近很在意微凸小腹的媽媽吃著午間養身套餐笑了笑。

「這裡的蔬菜每次都很好吃哦。」

「我們用的都是在地蔬菜。雖然是全國連鎖店，但是總公司堅持蔬菜一定要使用在地的。」

「看來我也不能太小看家庭餐廳啊。」

「妳不要隨便小看我們啦。」
媽媽有教師執照，所以離婚沒多久就找到兒童館的工作。
媽媽總是嘮叨地建議「姊姊還是唸個大學比較好啊」，可是我又不愛讀書，也希望盡早離開家裡。因為我不想再當「姊姊」了。媽媽到現在還是會喊我「姊姊」。我好希望她能像叫直樹那樣用名字喚我。
媽媽吃完餐點後說道。
「西澤女士說她要辭掉工作去結婚。」
西澤女士是會來家裡幫忙的看護，擁有看護師的證照。媽媽去上班的時候，她會來家裡照顧直樹。我沒有跟她見過面。聽說她是個好人，但沒想到竟然要結婚，真是嚇到我了。西澤女士已經抱孫子了，而且我記得她現在年過花甲。由於丈夫很早就走了，她擁有不少自由時間，配合度比較高，做事很靠得住。
「是熟齡結婚啊。對象是什麼樣的人？」
「她說是在俳句聚會上認識的。好有戀愛結婚的感覺哦。」

「都這個年代了，竟然還為了結婚辭職。難不成對方是個不接受女性參與社會的糟老頭嗎？」

「對方似乎是個需要照護的人哦。」

「……是這樣啊。」

俗話說「越是苦過的人越能理解他人的心情」，但實際上也並非如此。像我往往覺得只有自己最辛苦。

「我就想著要幫她慶祝一下。」

媽媽看起來很高興，我倒是很擔心。

「能找到代替西澤女士的人嗎？」

「不可能啦，沒有比她還要好的人了。我覺得這是個好機會，我打算以後不要再依賴看護了。」

「不會很辛苦嗎？」

直樹沒在聽我們說話，正忘我地吃著漢堡排。

小的時候根本不可能和直樹一起出門外食，所以我一直很嚮往家庭餐廳的存在，在這裡工作也像是在彌補夢想一樣。剛開始在這裡上班沒多久，聽到媽媽說要帶直樹來，我還心想別了吧，沒想到直樹竟然已經能安安靜靜地吃飯了。

「別擔心啦。等我退休之後就有空了，而且直樹也變得乖多了。」

聽到媽媽開口說出退休兩個字，我有一點震撼。原來她已經到了這把年紀了。

「我想趁自己還有精神的時候，幫直樹打點好以後的路。」

連我也知道現在自己的臉很僵硬。

「妳不用在意我們的事。妳在這裡好好加油就行了。」

媽媽像是在顧慮我似地換了話題。

「對了，我前陣子整理家裡發現了這個，應該是妳的吧？」

媽媽在手提袋裡東探西找，說著「就是這個」，把東西擱在桌子上。是包著格紋布套的文庫書。

是轉學生為我寄放在寄物商那裡的書。

我懷念地拿起書，嘩啦啦地翻開書頁。結果我還是沒有打開來讀過。記得當初剛收到時，我本來打算立刻拿出來讀，不過當我知道上面其實是法文而非英文之後就放棄了。

媽媽喝著玻璃杯裡的水說道。

「妳也真愛唱反調。不看外婆送妳的書，卻特地找原文書來讀。」

我猛然一驚，拆開布套一看，發現上面寫著《*Le petit Prince*》。而且和我記憶中的那本書一樣，有著相同的王子插圖！

這本書，原來就是《小王子》嗎？

我想起來了。當時我一邊看著寄物商的玻璃櫃，一邊對轉學生說了心裡話，說我的《小王子》被弟弟搶走了。

所以她才送我這本書嗎？

金髮藍眼。我無法清楚地想起她的臉，連名字也忘了。不知道她現在身在何處，過著什麼樣的人生呢？

「媽，我並沒有讀過這本書。」

「是這樣嗎？」

「因為上面都是法文嘛。我連這是《小王子》也沒發現。妳看裡面都有這種奇怪的插圖。」

只見媽媽露出詫異的眼神。

「我說妳啊，從來沒打開過外婆送妳的《小王子》吧。通常一看到這個插圖，就會立刻知道是同一本書吧。」

「這是什麼？是在畫帽子嗎？」

「這是吞下大象的蟒蛇哦。」

直樹突然說話了。

「獻給萊昂．韋爾特。請原諒我把這本書獻給一個大人。」

直樹繼續說道。他的盤子已經一乾二淨，刀叉整齊地擺放在一旁。

「直樹，你怎麼了？你在說什麼？」

「開始了啊。這下可長囉，因為他會一直背到故事的結尾。」

媽媽苦笑著。

直樹發出不會干擾周圍的音量，開始小聲地背誦起《小王子》。因為我沒看過，並不曉得他背的對不對。假如真的全部都對，那他的記憶力可真是不得了。

「他的身體已經記住媽媽唸給他聽的內容了吧。」我一這麼說，媽媽便擺出難為情的表情。

「因為這是直樹自己選的書。他很喜歡這個故事。」

「對耶，我記得平常在書店老愛撕書的直樹，好像只有這本《小王子》會乖乖拿在手上吧？」

媽媽搖了搖頭。

「他不是在書店看的。其實是有一次我把直樹寄放在別人那裡，去接他的時候，就看到他手上拿著這本書。他沒有大吵大鬧，只是直盯著書看，簡直就像真的在讀書一樣。我在那瞬間還以為他變成普通小孩了。」

媽媽用了「普通」這個詞。這是我每次一說，就會被媽媽罵的兩個字。

「不過我誤會了。在直樹旁邊有個人正幫忙唸給他聽。雖然直樹會忍不住看插圖看到入迷，讓人很難繼續往下翻，但是那個人記得故事的內容，一直靜靜地唸著故事給直樹聽。當時我發現自己竟然盼望著直樹是個普通小孩，真是嚇了我一跳。」

「會覺得普通比較好也是人之常情啊。」

「真的有所謂的普通嗎？我很普通嗎？姊姊妳算是普通嗎？」

我默默不語地喝著水。我很清楚自己的身分，我才不普通。我是個小偷才對。

「姊姊是姊姊，直樹是直樹啊。直樹有辦法自己挑選書，也能像這樣倒背如流。直樹能辦到我和姊姊都做不來的事。」

「媽。」

「姊姊妳雖然不知道，我寄放直樹其實不是只有一次而已。為了放鬆一下，媽媽把直樹帶去那裡寄放過好幾次。就是覺得自己真的累翻的時候啦。」

媽媽看向了窗外。外頭看得見大海。

我的眼裡看不進大海，腦袋裡盡是寄物商的店內景色。

在那間和室房的榻榻米上，小小的直樹在「看著」《小王子》。那位溫柔的老闆就在旁邊唸給他聽。這只是在腦中猛然冒出來的情景，實際上可能並不是這樣，但這個畫面宛如真的曾經發生過似地浮現在腦海。

緊接著出現在我腦中的，就是茶屋的霜淇淋了。

味道又冰又甜，真是好吃極了。之後不管我在哪裡吃霜淇淋，也遇不到那樣的美味。那是與媽媽單獨相處的愉快時光。媽媽掛著微笑的臉龐。我記得媽媽好像什麼也沒吃，只是一直在喝著茶吧？

寄物商和茶屋，兩處的景色連接在一起了。

媽媽用一百圓寄放重要的直樹，再帶我去吃霜淇淋。她送上了一段溫暖的相處時光，來安慰因為三角板破掉而哭鬧的我。

抱歉。當時我還是個小孩，什麼都不懂，真是對不起。

我記得媽媽好像說過「在明日町金平糖商店街有一扇能讓人變輕鬆

的門」？那扇門一定就是寄物商了。

太好了。幸好媽媽擁有這麼一扇門。

不知道老闆有沒有讓直樹聽過那個音樂盒。那個旋律聽起來溫柔又寂寞，那是什麼曲子啊？我幾乎已經忘光，連哼唱也沒辦法，不過我只要聽到就能想起來。等直樹背完，就問他知不知道音樂盒的曲子吧。如果直樹有聽過，我想他一定會記得，然後哼唱給我聽。

媽媽說著「直樹口渴了吧」，去飲料吧拿飲料了。

直樹繼續在背誦著。沒有刮鬍子的三十歲少年，白皙膚色配上大眼睛，他這樣靜靜的身姿，看起來似乎有點神似寄物商老闆。

小時候的他是個很愛動的孩子，別人家的小孩說他像蚱蜢，讓媽媽當時好生氣。我則是覺得很丟臉。有個像蚱蜢的弟弟讓我很丟臉。現在的直樹十分安靜，他花了好長一段時間在改變。

我有改變嗎？要是知道我是個小偷，直樹會不會覺得很丟臉呢？外婆留給我的誠實作業到現在仍然是一片空白。

「直樹。」

直樹繼續在背誦著。坐在隔壁桌的一家人注意到直樹的聲音，不時用詭異的眼神在偷看這裡。

「你要不要和姊姊一起住？」

直樹看起來全神貫注。

「是可以看到海的房子哦。和這裡一樣能看到太平洋。媽媽也一起搬來住。」

直樹心無雜念地在背誦。

「你天天唸《小王子》給姊姊聽吧。」

「你也可以每天在這裡吃到漢堡排。」

「我會查查看有沒有能讓直樹去上班的作業廠。我猜一定找得到。」

「家裡離圖書館也很近哦，又可以吃到冬實的橘子。」

「這次的母親節，我們兩個來做點什麼吧？差不多也該讓媽媽休息一下了。」

我對著直樹說個不停，接連說出不符合我作風的貼心話，這些都是在說謊嗎？我覺得也很像是本來就在我心裡的話。我會實際行動嗎？外婆，妳怎麼看呢？

我的腦中忽然冒出那個音樂盒的旋律，浮現了翻來滾去的白貓身影。

「對了，我們也養隻貓吧。養隻白貓好不好？」

突然間，直樹開口說了句「社長」。然後他看著我的眼睛說：「我喜歡太平洋。」接著他重新回到「獻給萊昂．韋爾特」的開頭背起。

我的胸口一陣震動，眼前頓時變得模糊。

直樹已經完全沉浸在背誦中了。

和飲料吧搏鬥完的媽媽右手拿著直樹喜歡的可樂，左手拿著我喜歡的霜淇淋，朝我們這邊走了過來。

為什麼她總是這樣，滿腦子只想著孩子的事呢？明明我和直樹都已經是大人了。我們店裡的霜淇淋雖然不是特別好吃，但這次是媽媽幫我拿過來的，說不定吃起來會是那時候的滋味。

我用手機打了一封訊息。

「我找到打火機了。」

我看向窗外的時候，太平洋是美麗的海藍色。

如夢似幻

製作我的人是一個名叫詹姆斯的音樂盒工匠。

他是個身材壯碩的男人。儘管這個男人的手背上佈滿又黑又粗的濃毛，臉上毛茸茸的鬍子從下巴長到了耳朵，外貌神似大熊一般，但他從事的卻是極為細膩的工作。

他的祖父是個徹頭徹尾的鐘錶工匠。父親以前雖然也曾是鐘錶工匠，但中途轉行去當音樂盒工匠了，所以詹姆斯出生以來便在音樂盒的圍繞下生活。聽說他七歲時就在幫父親工作了。

詹姆斯在三十五歲的時候製作了我。該怎麼說呢，那是個非比尋常的繁瑣工程。

首先要用黃銅做出音筒。音筒的模樣是閃亮光滑的筒狀造型。詹姆斯從以前就做過很多音筒，聽說他曾經還經手過要用兩手才抱得住的巨大款式。不過他這時候做的音筒，是在當時也算偏小的尺寸，差不多是可以整個握在詹姆斯大手裡的大小。

在音筒上必須打出好幾個小洞，這是讓音樂盒記住旋律的工程。洞口的位置決定了音樂的旋律。

詹姆斯瞪著在白紙上舞動的音符，謹慎地決定好洞口位置。打完所有小洞後，再來是將鋼鐵打造的金屬細線截短，準備製作撞針用。依照小洞的數量做好撞針，把這些差點要被鼻息吹走的小東西一一填進音筒的洞口。這項工程雖然容易讓人恍神，詹姆斯還是弓著巨大身體，把精神集中在手指上逐步完成。這樣音筒的部分就大功告成了。

由音筒撞針撥動出美妙樂音的音梳（comb），想必詹姆斯是不停地做了又試，試了又做好幾遍吧。最讓他費盡心思的就是這個製作音梳的步驟了。音梳設有五十根配合音筒構造的梳齒，就是透過這個具有五十個音階的音梳來完成滿意的音色，最後再細心地拋光打磨，為音階調好音準。

接下來就是發條了。用鋼鐵來製作，另外還有控制發條力量的調速閥。組合這些零件的基座也是用金屬來製作，這個在最後會成為音源部位，也被稱為機芯。

詹姆斯為了做出滿意的成品，日以繼夜地埋頭製作我。

雖然父親也有提醒「該適可而止了吧」，可是他完全聽不進去。畢竟詹姆斯的雙手滿是喜悅，手藝也很精湛；更重要的是，他意志堅定，知道自己追求的目標。

我到了很後期才發現，藝術家是在失敗中朝未知目標前進，而工匠則是在失敗中往具體目標在努力。無論哪種人，都不免需要經歷一段失敗，而詹姆斯正是無庸置疑的工匠。

完成機芯之後，詹姆斯也動手做了用來裝置機芯、讓樂聲響起的木盒。木盒的材質和大小，甚至連木板厚度也會對聲音產生影響，是相當重要的一環，一般是由木匠來負責，不過詹姆斯卻自己花時間獨自完成了。他把機芯安裝在木盒裡，再裝上用來保護機芯的玻璃蓋。這是只要打開木盒的盒蓋，就能隔著玻璃看見機芯的設計。

完成了最理想的我之後，詹姆斯一臉洋洋得意。大熊在笑耶。就算是已經過了一百二十年的現在，我仍然忘不了詹姆斯那時的笑容。

我目前身在異國，被收放在一家小店的玻璃櫃裡。在抵達這裡之前，我經歷了各式各樣的事。像是隨著船不停地左搖右擺、被放置了一段讓我差點失去意識的漫長歲月、飛越了天空、被小男孩丟出去等等。也有過不少難受的經歷，但是讓我能夠打起精神撐到現在的原因，全多虧了詹姆斯的那個笑容。

在這個世界上有一個男人，會為我的誕生感到如此喜悅。無論在什麼時候，這個記憶都是我的精神支柱。

詹姆斯小心翼翼地抱著剛完成的我走出工房，飛奔到一間蓋在同一塊地上的石頭屋。屋內有個女子躺臥在床上。我對她的第一印象是「臉色很差的一個人」。她就是詹姆斯的太太。

詹姆斯一語不發地把我遞出去後，太太便瞪大雙眼坐了起來。

「哎呀，詹姆斯！這是你要送給我的嗎？討厭啦，詹姆斯！詹姆斯真是的！」

那個時候，我才第一次知道製作我的人名叫詹姆斯。因為太太不停喚著他，他的名字便深深地烙印在記憶裡了。

太太的聲音充滿喜悅，而且出乎意料地很有朝氣。她的眼眸既像灰色又像綠色，看起來炯炯有神。她用白皙的雙手接下我，過於冰冷的溫度讓我不禁打了哆嗦。因為詹姆斯的手很溫暖，兩人之間的落差讓我嚇了一跳。

太太直盯著我瞧。原本臉色不太好的她，雙頰染上了淡淡紅暈，我也在這時候發現她其實長得相當美麗。身材雖然纖瘦，肚子卻是大大的。當時太太的肚子裡有小寶寶了。

詹姆斯在太太的床邊擺上一個木頭臺座，太太就把我放到上面。這是能讓音樂盒發出優質音色的共振箱。

「妳打開盒蓋看看。」

詹姆斯催促道，太太便用冰冷的雙手輕輕將我打開。

我立刻開始唱了起來。發條上得緊緊的，我現在真是開心得無法不放聲歌唱，渾身充滿著誕生的喜悅。我的靈魂在大叫「謝謝你謝謝你，謝謝你把我做出來」，全身上下都在顫抖地說「太好了太好了，能誕生在世上真是太好了」。

連我也覺得自己的聲音實在太美妙了！

詹姆斯的臉上掛著無與倫比的笑容。太太瞇起眼睛聽得好入迷。歌聲到了最後逐漸開始變慢，緩緩地停了下來。

太太臉上笑瞇瞇的。

「真是美妙的音色啊。尤其是低音的深度特別震撼。」

「妳還喜歡嗎？」

「當然喜歡啊。」

「是妳喜歡的舒曼哦。」

「是啊，就是剛認識你的時候，我彈的曲子嘛。」

「是《兒時情景》的第七首曲子。」

「是啊，沒錯。這是我最愛的曲子哦，是讓人宛如置身在夢中的旋律吧？所以才會叫做《夢幻曲》。」

「叫做《夢幻曲》啊。我以前都不知道曲名。」
「不過這聽起來好像和我彈的有點不太一樣。」
詹姆斯的臉色暗了下來。
「我是不是哪裡弄錯了？我應該有好好按照妳給我的樂譜做。」
「詹姆斯，不是的，你沒有弄錯。」
太太輕輕闔上我的蓋子。
「如果由我來彈，會是更哀戚的樂聲。」
「妳在彈琴的時候，我從來不覺得哀戚。」
「這首曲子同時含有柔和安穩的心情，以及必定會與和平如影隨形的哀愁。舒曼雖然有心上人，卻無法和對方在一起，於是他將對那個人的心意全都流露在曲子裡了。可是這個音樂盒的音色卻不一樣，裡面蘊含了你對這孩子的真誠心意，聽起來更加明亮溫暖呢。」
太太指著大肚子說道。
詹姆斯期盼著孩子的出生，所以才創造了我。在製作我的時候，那股堅韌熱情就是他對孩子和太太的愛。

「我不是音樂家，不太懂那麼困難的事，我覺得還是比不上鋼琴的現場演奏啦。」

詹姆斯用手搓了搓鼻子，難為情地說道。

太太拿起我，像在品味盒蓋觸感似地輕輕撫摸著。樸素的木盒雖然沒有精雕細琢的雕刻，但是描繪了柔和的曲線，呈現令人難以言喻的優美造型。

「你用了很高檔的胡桃木吧。這樣沒問題嗎？」

詹姆斯抱著太太的肩膀，親吻了她的額頭。

「願妳生一個健康的寶寶。」

接著他便回去工房了。

太太在那之後立刻轉上發條，開始聽起我的歌聲。我卯足全力放聲歌唱。

「謝謝你創造我出來！」

我向誕生的喜悅致上感謝。

「要健康出生，出生在幸福的世界裡哦！」

我也沒忘了給予肚子裡的寶寶鼓勵。

太太是個很好的聽眾。我知道她是真心誠意地在接受我的心意——正確來說應該是詹姆斯的心意，並且心懷感恩。我愉悅地歌唱，歌聲逐漸開始放慢速度，最後緩緩消失。這時候我聽見太太熟睡的呼吸聲。她的睡臉滿是安詳與幸福，是讓看到的人也能感到快樂的睡臉。可以想見她小時候一定是個天真無邪的少女，集萬千寵愛於一身，每晚都像這樣帶著祥和表情進入夢鄉。

接下來的每一天，太太早上起床的第一件事就是聽我唱歌，飯後又會再聽一次，睡前也會聽我的歌聲。

這下就連詹姆斯也忍不住說：「聽這麼多次不會膩嗎？」

「聽了就會讓我心平氣和啊。」太太說。

「血液循環好像都變好了。」

太太開始變得食慾旺盛，精神飽滿，身材圓潤了許多。又過了一陣子，她甚至能挺著大腹便便的肚子站起來走路了。

有一次太太興致正好，泡了兩人份的茶想送去給詹姆斯，便跑到工房看了看，卻發現應該在工作的詹姆斯不在裡面。詹姆斯人不在音樂盒工房，而是隔壁的鐘錶工房。

詹姆斯的父親和其他工匠都在那裡工作。

我出生後已經快一個月，從詹姆斯和太太的對話中，我漸漸明白了很多事情。這裡是個叫做瑞士的國家，原本就很興盛製造鐘錶的產業。自從一七九六年，有個叫做安托萬・福爾所羅門的鐘錶工匠發明了用機器演奏音樂的音樂盒以來，瑞士便興起了不亞於鐘錶的音樂盒產業。原本是鐘錶工匠的父親搭上時代潮流，開始製作起音樂盒。

當時沒有ＣＤ，沒有收音機，也沒有電視機。說到音樂，就是鋼琴家彈奏鋼琴，小提琴家拉小提琴，是個相當奢侈的文化。

後來，即使沒有演奏者也能冒出音樂，宛如魔法一般的音樂盒被發明出來，受到了全國各地的喜愛，教會、餐廳或學校等地方，紛紛下單訂製。隨著技術的進步，發展成放置在木盒裡的造型之後，在貴族之間更形成了送音樂盒祝賀結婚或生子的習慣。因為價格十分高昂，只有貴族才有能力擁有的這一點，也是音樂盒大受歡迎的祕密。音樂盒的訂單越來越多，父親便在鐘錶工房的隔壁蓋了間音樂盒工房，也另外雇用了工匠。

詹姆斯就是在這個時候出生的。

詹姆斯是在音樂盒零件的圍繞中，聽著音樂盒的樂聲長大，毫無疑問地成為了一名音樂盒工匠。

詹姆斯的工匠技術十分了得。他的精湛手藝連父親也自嘆不如，對他甘拜下風。詹姆斯的寡言個性和不屈不饒的氣質非常適合這個工作。他極度不擅長說話，社交能力很差。他甚至不會去外面喝酒聚會，也不會在慶典上跳舞。這個時代的工匠一般在二十歲前就會成家，但詹姆斯因為個性緣故，年過三十卻還是孤家寡人。

有一天，詹姆斯前往附近學校定期檢修音樂盒，他在那裡遇見了正在彈奏鋼琴的太太。太太是音樂老師，也是個愛說話的人。太太不假思索地向板著面孔的詹姆斯攀談，一步又一步地闖入他堅固的心房。當時太太有個擅長跳舞又愛玩樂的戀人，可是對方飄忽不定的態度已經讓她心生厭煩，太太便逐漸迷上了個性木訥老實的詹姆斯。終於，兩人最後結為連理。

太太婚後也繼續教課，直到懷孕後覺得身體越來越無法負荷，才辭去教職，為了準備生產開始靜養身體。

然而諷刺的是，大概從詹姆斯幸福完婚的那時候開始，音樂盒的訂單就逐漸減少了。這是因為在一個叫做美國的遙遠國家，有個名叫愛迪生的男人發明了留聲機。那好像是個可以記憶聲音的機器。原本的主要用途是拿來儲存聲音並重新播放，但也可以用來欣賞音樂。

沒有演奏者也能重現音樂的特質雖然與音樂盒如出一轍，不過留聲機的厲害之處，就是能夠播放各式各樣的音樂。

已經活了一百二十年的我很清楚，留聲機的時代也不會維持多久，但在當時那可是震驚全世界的劃時代發明。雖然這邊一開始並沒有立刻產生影響，畢竟那是發生在大海另一頭的國家，然而留聲機的潮流還是慢慢地席捲了瑞士。

大力讚揚留聲機的人一定都會這麼說：

「音樂盒只是一直在重複一小段曲子而已啊，而且節奏會變得越來越慢，聽到一半還會自己停下來。」

聽在身為音樂盒的我耳裡，這個論點的確也沒有錯，我只能垂下頭回答：「沒錯，你說得對。」

音樂盒的訂單變得越來越少，詹姆斯的父親便轉而致力在細水長流的鐘錶工房上，同時他也要求詹姆斯回去一起製作鐘錶。

只能演奏一小段曲子、只能重複相同的段落、節奏會變得越來越緩慢——

以音樂盒來說，這三個缺點都是無可奈何的特性。

停下最愛的音樂盒工作讓詹姆斯覺得很寂寞，但是他並沒有感到絕望。因為太太的肚子裡有寶寶，馬上要有新生命誕生了。對詹姆斯來說，這反而是他人生中最充滿希望的階段也說不定。他為了調養太太的身心，為了讓肚裡的寶寶聽見舒適的音樂而創造我，並藉這個機會與製作音樂盒劃清界線，從這天開始前往鐘錶工房上班。

詹姆斯並沒有跟太太說這件事。太太其實已經發現了，卻也刻意沒有提及。

某天太太一邊吃著晚餐一邊對詹姆斯說道。

「音樂盒的優點啊，就是會不停重覆一小段樂曲，然後逐漸變慢，自然而然地停下來。」

詹姆斯聽了大吃一驚。只能演奏一小段曲子、一直重覆同一段、節奏會逐漸變慢，這三點都是一定會被大家列舉出來的缺點。

「妳為什麼會說這些是優點？」

「所謂的音樂，就是要不停重覆聽才能融入身體裡。以前我在學校教書，也不會一開始就讓學生聽很多不同的曲子，而是一直重覆同一首，讓大家把旋律聽進身體裡。只要身體好好記下來，等到下次再把其他曲子聽進去時，就可以清楚明白兩者的差異，在這之後才有辦法去了解什麼是音樂。」

「原來如此。」

「我現在身體狀況比較特殊，但只要重覆聽熟悉的曲子好像就能療癒身心。會逐漸慢下來的特點也是，很適合舒緩壓力。聽著這個音樂盒不但能讓我睡個好覺，還可以做個好夢呢。」

「是嗎？這樣啊。」

詹姆斯的臉上掛著開心的微笑。

「啊，還有另外一個優點。音樂盒比鋼琴小很多吧？可以隨身帶著走，去哪裡都能拿出來聽。這也是音樂盒的好處。」

「啊啊，對耶。」

「這孩子一定也有一起在聽，所以他在出生的時候，身體就已經記下美好的音樂了。」

聽著這段對話的同時，我發現自己也保有出生前的記憶。我記得詹姆斯的指尖、詹姆斯的呼吸，還有詹姆斯的專注眼神。就連詹姆斯用手填上撞針的精準動作，我也是在出生之時就知道了。

真不曉得靈魂是在什麼時候誕生的。而靈魂又是存在於哪裡呢？

想必詹姆斯的孩子在出生時，也會牢牢記住我唱的這首「要健康出生哦，出生在這個幸福的世界哦」的歌，還有我的這片心意吧。這是多麼幸福的一件事啊！

「是啊。他一定會是個熱愛音樂的孩子。」詹姆斯開心地點點頭。

「說不定他以後會成為像舒曼那樣的作曲家。」

「沒錯，這很有可能。」

「我以後也得和這個音樂盒一起照顧孩子了。」

太太的臉頰泛著紅暈，露出了微笑。

然而太太從來沒有聽著我的歌聲照顧過孩子。因為生產過程不順利，太太和孩子都不幸殞命了。

這段記憶在我心裡模糊不清。

因為不想回憶起討厭的事，便自然而然地糊化了記憶。期待著即將降臨的幸福頂點，沉浸在興奮難耐的氣氛中，卻沒想到詭異的險惡氛圍正逐漸逼近，並在轉眼之間籠罩了四周。心裡焦急地湧起不祥預感的時候，邪惡的「那個」頓時支配了世界，眼前只剩下一片黑暗。

在當時，這種事似乎不算新鮮，但對詹姆斯而言是個致命打擊。他在喪禮結束之後依然無心工作，總是抱頭苦悶。

「下次娶個年輕又健康的老婆吧。孩子到時候再生就好。」父親這麼鼓勵著詹姆斯。這話沒有絲毫惡意，單純是在為兒子著想，但是詹姆斯並沒有餘力去思考那麼多。

最後他把自己鎖進石頭屋中，播放了我的聲音。

奇妙的是，我的歌聲變得和以前不一樣了。

我本來想用歌聲表達「能生在世上真是太開心了。謝謝你謝謝你」，但我卻像在唱著「對不起。對不起。這樣死去真是對不起」，彷彿是在替太太發聲一樣。我心想著不能唱出這種歌聲，必須好好鼓勵詹姆斯，不斷在心裡想著快樂的事，可是我的歌聲終究只能哀戚地迴盪在屋內，讓詹姆斯眼眶泛淚。

以前我總是從詹姆斯和太太的對話中認識這個世界。我學到音樂盒的歷史，了解詹姆斯一家人的現況，甚至知曉了他們兩人的心情。太太的學生偶爾會來探望她，太太一個人的時候也會對著肚裡的孩子說話，讓我獲得了不少資訊。

然而當太太去世，詹姆斯變得孤伶伶之後，想當然他就變得不再說話，我也從那時候開始漸漸不再熟悉詹姆斯以及這個世界了。

過了不久，詹姆斯消失了。

他離開石頭屋之後便再也沒有回來。父親跑來這裡找過他好幾次，看來他似乎也不在工房。

父親有時候會來石頭屋播放我的歌聲。因為音樂盒如果擺著不動，機械的運轉就會變得卡卡的。大概在詹姆斯消失半年左右的時候吧，父親一邊聽著我的歌聲一邊哭了。他靜靜地潸然淚下。父親的頭髮已經花白，到了就算退休也不奇怪的年紀。能幹的兒子不知去向，說不定已經死了，工房的未來也讓他很憂心吧。

於是我便開始為父親歌唱。

「沒事的，沒事的。詹姆斯會回來的，他一定會回來。」

沒有言語的歌聲，不知道他有沒有感受到呢？父親聽完我的歌聲後會露出淡淡微笑，駝背的腰桿似乎也變直了一點點。

過了一年，詹姆斯回來了。

詹姆斯打開石頭屋的大門，筆直朝我走來，輕聲說著「我回來了」，然後播放了我的歌聲。

「歡迎回來，歡迎回來。真高興能見到你回來。謝謝你謝謝你。」

我唱到一半注意到了一件事，我發現自己的聲音又有溫暖了。曾經知曉的悲劇無法抹去，為旋律留下了悲傷情緒，但我與生俱來的朝氣和活力又再度回來了。

會說音樂盒只是在一直重覆的人，可能一輩子也無法理解。在重覆的樂聲中其實也是有變化的。那是反映時代與人心所產生的改變。聲音並非只是聽得到而已，聆聽之後會沁入體內，在不同個體裡也會出現各種變化。

沒錯，聲音能聽進身體裡，會進入聽者的心裡，進入之後再產生變化。我是說真的。

詹姆斯這一年在哪裡做了什麼呢？他的臉頰凹陷，身體瘦了一大圈。即便如此，詹姆斯的臉上依舊掛著微笑。是會讓人以為他特地去哪裡練習過的美好笑容。這和製作出我的當時，他那副笑得開心至極的模樣不一樣，是刻印著傷痛的淒美笑容。

詹姆斯隔天便回到鐘錶工房重新投入工作了。不曉得父親有沒有鬆了一口氣呢？

詹姆斯原本就是個寡言的男人，現在更是像石頭一樣沉默了。不過他的手藝倒是因此磨練得愈發精湛，讓鐘錶工房的生意一帆風順。

大概是放下心中的大石頭了吧，不久之後父親便辭世，由詹姆斯繼承了鐘錶工房。有時工房也會收到製作音樂盒的委託，但詹姆斯好像都回絕了。

我開始萌生自己會是詹姆斯這輩子最後一件作品的想法，心裡油然升起一股驕傲。我甚至覺得既然如此，希望詹姆斯再也不要接下製作音樂盒的委託。

不過這段時間，音樂盒的價值似乎又開始受到社會肯定了。送音樂盒作為禮品的風潮捲土重來，我看過好幾次有人跑來石頭屋，低頭拜託詹姆斯，詢問是否能幫忙製作音樂盒。

詹姆斯的頭並沒有上下擺動。他沒說任何理由，只是搖搖頭而已。他這樣的態度，讓對方很難接受。

「隔壁那間就是音樂盒工房吧？你根本沒拆掉工房啊！其實你很愛音

樂盒。我說得沒錯吧？」也有人激動地這麼說。

儘管如此，詹姆斯依然堅定地一再回絕。這到底是為什麼呢？說不定他現在比較喜歡製作鐘錶？詹姆斯老是不說話，他真正的心情一直撲朔迷離。

我誕生至今二十年了。在詹姆斯五十五歲的時候，又有人不死心地來委託他製作音樂盒。音樂盒工廠早已關了二十年，這次是時隔許久收到委託。

鄰國的貴族親自前來拜訪，他表示：「我想送音樂盒給我即將七歲的女兒當作生日禮物。」距離女兒的生日還有三個月的樣子。對方是個比詹姆斯年輕許多，不到三十歲的父親，他還把詹姆斯以前做的音樂盒小心翼翼地帶了過來。那是尺寸比我大一倍，做工奢華的音樂盒。看來音筒和音梳的機芯部分是由詹姆斯製作，木盒是交給木匠，花樣則是鑲嵌師負責的吧。

盒蓋的花樣經過精雕細琢，畫著像是拉開紅色窗簾的圖案，之後我才曉得，這是那個貴族人家的家徽。總之這是個外觀精緻、華麗氣派的音樂盒。

「我收過好幾臺別人送的音樂盒，但沒有任何一臺的音色比得上祖父在我三歲時買來的這臺音樂盒。」那個人說。

詹姆斯默默不語地轉了轉音樂盒的發條後放在共振箱上，接著掀開盒蓋。音樂盒被保存得很好，演奏出來的音色十分美妙。只是還不及我就是了啦。

那個人這麼說道。

「這首曲子是帕海貝爾的《卡農》。帕海貝爾死後，許多偉大的作曲家都有寫出名曲，但是我到現在還是遇不到比這首更讓我有共鳴的曲子。我從三歲開始就聽了好幾遍，這首曲子已經融進我的身體了吧。所以我希望能請打造這個音樂盒的工匠幫我製作女兒的音樂盒。」

詹姆斯總算開口了。

「令千金的音樂盒也要用這首曲子嗎？」

「不，選曲就全權交給你決定。我希望我的女兒也能遇到專屬於她自己的曲子。」

詹姆斯出乎意料地答應了這份委託，那個人便留下錢離開了。那是多到能夠蓋出三間工房的金額。

我猜詹姆斯會願意製作音樂盒，並不是因為那個人很珍惜詹姆斯的作品，也不是因為對方是個超級有錢人，而是他體弱多病的女兒總是待在家裡，並且有個叫做克拉拉的名字——和詹姆斯死去的太太名字一模一樣。

詹姆斯時隔二十年開啟了音樂盒工房的大門。他把鐘錶工房交給員工，自己開始埋首製作音樂盒。

詹姆斯把我帶進了工房，我在一旁仔細地注視著所有經過。當詹姆斯疲於創作、感到徬徨的時候，他就會聆聽我的歌聲。就像是要找回當初的那股熱情一般。

不再是詹姆斯最後一件作品的事實雖然令人寂寞，但是看著他熱衷於此的身影，我開始覺得他的眼中只剩下這件事，現在的他只能專注地製作音樂盒。

他先是從選曲開始，拜託了鐘錶工房某個工匠的姊姊幫忙。對方是個在教會裡彈鋼琴、名字叫做瑪莎的女性。詹姆斯請她使用擺在音樂盒工房角落的風琴，照著太太遺留的樂譜接連地演奏。

我覺得每一首都是很棒的曲子，全部都想做成音樂盒來聽聽看。然而詹姆斯好像都不太滿意。瑪莎看起來也毫不在乎，繼續悠悠地用風琴彈奏下一首曲子。

「這是誰做的曲子？」

一直彈到第十七首，詹姆斯終於開口了。

瑪莎停下手指。

「這是波蘭某個沒沒無聞的女子做的曲子。」

「我以前從來沒聽過這首曲子。」

「她是在沙龍表演的鋼琴家，沒接受過正式的音樂教育，也沒獲得什麼評價。」

「可是我太太卻有樂譜。」

「我也有啊。」瑪莎微笑道。

「這是一首非常純真、可愛又優美的曲子。每個女生聽了都會很喜歡哦。特克拉一定是個不爭名利的溫柔女子吧。」

「克克拉？」

「是特克拉。不過她年紀輕輕就去世了。這首曲子的名字叫《少女的祈禱》。」

瑪莎繼續在琴鍵上動起了手指。這是首活潑輕快的曲子，沒有一絲憂鬱或悲傷。詹姆斯選了那個名叫特克拉的無名女子所做的曲子，在這天開始動手製作起音筒。

和製作我的時候不一樣，音筒和音梳都沒有花太多時間就完成了。他展現出不像有二十年空窗期的技術，再加上精準的聽力，慢慢找出了更加美妙的樂音。詹姆斯都看得見，看得見聲音的理想模樣。

接著輪到了外盒。因為有十足的預算，我本來以為詹姆斯會找木匠處理，沒想到他竟然自己削起木頭，決定好了造型。木頭顏色選擇了偏明亮的色彩，看起來似乎會是個比我還大的音樂盒。整體的設計不標新立異，採用經典款式，同時又具備了細膩且圓潤的柔和感。詹姆斯也沒有找鑲嵌師。通常最正統的花樣都是幾何圖形，或者是以小提琴、鋼琴等樂器為主的圖案，然而詹姆斯畫的卻是花。他選擇以花中之后的玫瑰作為主題，在準備做成盒蓋的木頭表面上打稿，沿著草稿線條刻出淺溝，把破碎的貝殼填進裡面。他也用上了彩色玻璃。這是用貝殼和玻璃代替畫具的奢華工藝。接著是處理打磨，以酒精稀釋一種名叫蟲膠（收集介殼蟲的分泌物精煉而成）的塗料上漆，之後再繼續打磨。這些全是我第一次見到的作業，讓我看得好入迷。

我想起了二十年前的事。在太太去世後，詹姆斯有整整一年沒有回來，說不定他去當了木匠和鑲嵌師的入門弟子，向他們拜師學藝。這是為了什麼？他早就預測到會有這麼一天嗎？不可能吧。

對於身為工匠的詹姆斯而言，活著是不是就是要隨時學習技術、動手藝呢？太太和孩子去世，一定讓他體會到了絕望的滋味。他是不是覺得在這種時候，繼續活下去才是工匠該選擇的未來呢？

我看著詹姆斯這麼想了。今後無論發生任何事，我也不能感到絕望，只要一心一意地專心歌唱就好。即使今天無法歌唱也沒關係，那就明天再唱吧。

好了，美麗的音樂盒終於大功告成。

只要轉一轉發條，打開盒蓋，就會響起充滿希望的歌聲。聽起來比瑪莎幫忙彈奏的風琴樂聲更加動聽。歌聲逐漸慢了下來，緩緩消失。這是在樂聲消失之後，也會留下動人餘韻的悅耳音色。克拉拉是個小孩子，她一定會喜歡這麼活潑明亮的曲子吧。

克拉拉的生日是兩個禮拜後，時間完全來得及。預計再過個三、四天，下訂的客人就會派人過來取貨。

完工的那晚，詹姆斯沒有拿走新作品，而是把我帶回石頭屋。他簡單吃完麵包和湯品後，聽著我的歌聲睡著了。看著詹姆斯安詳的睡臉，我想起了太太的睡臉。詹姆斯和太太的睡臉都毫無防備，簡直就像個孩子。我打從心底感受到了時隔二十年的幸福。

這份幸福只維持了不到三天。音樂盒工房發生了一場小火災，好不容易完工的音樂盒燒焦了。音樂盒並沒有被燒得精光，裡面的音筒、音梳和發條部分受到玻璃保護，全部都平安無事，只是精心鑲嵌的美麗木盒完全報銷了。

最近幾天的天氣一直很寒冷，好像有流浪漢溜進工房避雨，點了火柴取暖，卻不小心睡著，導致火花飛到木屑上燒了起來。天亮的時候，時鐘工房的工匠發現火災並撲滅火勢，抓住了流浪漢，叫醒正在睡覺的詹姆斯說明了來龍去脈。

詹姆斯知道工房的工具和打磨機都平安無事後，看起來鬆了一口氣。流浪漢的手指有留下燒傷的傷口，詹姆斯為他塗上軟膏，提供了食物，沒有將他送交給警方，給了一點銅幣就放他走了。

就在這場騷動快要告一段落的時候，客人派來取音樂盒的人來了。

詹姆斯低頭拜託對方：「請再等我兩個禮拜。」

「雖然趕不上生日，但我一定會親自送至府上。」

來人面有難色地回去了。

詹姆斯立刻挑選好木頭，開始動手切割起來。由於機芯平安無事，現在只要重製木盒就好。詹姆斯幾乎是不眠不休地在趕工。只是重現自己曾經做過的東西，應該可以做得比之前還順手吧。只見同樣尺寸和設計的木盒逐漸成形了。

然而詹姆斯卻更改了草稿。他這次畫的不是玫瑰，而是改用紫羅蘭作為主題。重畫圖案讓他費了不少工夫。用來鑲嵌的玻璃和貝殼也改掉了。最後完成的工藝裝飾少了之前的華麗感，增添了優雅的氣質。從詹姆斯的全身上下都能看出，他並不單是想要填補火災造成的損失，更決心要將這個危機化為力量。

接下來只剩下把機芯放進去組裝就好了。做到這個步驟，詹姆斯忽然停下了手。《少女的祈禱》的音色依然精準，絲毫沒有受到火災影響，他卻猶豫著要不要把《少女的祈禱》安裝進去。

詹姆斯看起來靈光一閃，伸手把我拿了起來。他只要腦筋一打結就會播放我的歌聲，所以我做好了放聲歌唱的準備，結果卻出乎我的預料。

詹姆斯拿螺絲起子對著我，動手鬆開了螺絲。不是只拆下一根，他把六根螺絲全拆下來，然後拿出了機芯！

這下我慌了。

詹姆斯八成是想把我的機芯移到紫羅蘭花樣的木盒裡！

住手！

神啊，救救我！

詹姆斯打算要殺了我。

我要死了？

我到底會變得怎麼樣？

我在詹姆斯動手的途中，拚命在思考有關靈魂的事。

我確實具備悲傷、喜悅，還有遺憾等各種情緒。我和人類一樣擁有靈魂。我的靈魂究竟是存在於木盒上，還是在由音筒和音梳組成的機芯之中呢？

製作進度在一片謎團中持續進展。我原本以為自己會在途中迎向死亡，逐漸失去意識，可是這些情況完全沒有發生。我在意識清楚之下被裝進新的木盒，螺絲把我固定了起來。在詹姆斯轉上發條、打開盒蓋開始試聽的時候，我便明白自己的靈魂究竟身在何處了。

正確答案就是機芯。有音筒和音梳，還有發條及調速閥，我就存在於它們之中。

我獲得了新的身體，開始滔滔不絕地唱起歌來。令人驚訝的是，我發出了比過去更加深沉響亮的音色。不只是低音，連高音也有了震撼效果。原來聲音會依據不同身體產生變化啊。

這次的聲音兼具活著的喜悅與苦痛，增添了扣人心弦的深度。這就是太太還活著時，她曾經提到《夢幻曲》含有的韻味，也是詹姆斯整個人的人生吧。

工匠都會把人生灌注在作品裡。而這一次我已有所領悟，不會再對人生抱持完全樂觀的態度了。

唱完歌之後，我開始擔心起變成空殼的前任身體。雖然靈魂已經移到了這裡，不過留下的那個軀體的確還是我自己。儘管只是個什麼裝飾也沒有的木箱，那仍然是和我一起走過二十多年歲月的重要身體。

詹姆斯把《少女的祈禱》裝進那裡面，然後試著播放了一下。在《少女的祈禱》旋律中的內斂和輕快，頓時昇華成更出色的音色。

我的靈魂非常適應新身體，《少女的祈禱》則與我原本的身體十分契合。想必《少女的祈禱》的靈魂現在一定也很開心吧。

這一刻，我突然有種自己今後依然會屬於詹姆斯的感覺。或許詹姆斯並不是要把我交給別人，只是想把我移到華麗的盒子裡而已。

接著他可能會把毫無裝飾的《少女的祈禱》交給客人。

但是我錯了。「這是麻煩妳幫忙的謝禮。」詹姆斯這麼說著，把《少女的祈禱》送給了瑪莎。之後他謹慎地用布把我包裹起來，做好出遠門的準備離開石頭屋。

看來詹姆斯果然打算和我分開。

我到現在還是覺得很不可思議。

那時候詹姆斯為什麼要把滿懷著思妻之情的《夢幻曲》拱手交給他人？為什麼他選的不是《少女的祈禱》，而是我呢？

要是沒有發生火災的話，他絕對會把演奏《少女的祈禱》、玫瑰花樣的音樂盒交出去。是因為他把玫瑰改成了紫羅蘭嗎？他是什麼時候改變心意的？

直到經過一百二十年的現在，我還是不明白。

也許這沒有我想的那麼複雜。詹姆斯身為一介工匠，他可能只是想做出心目中最完美的音樂盒也說不定。

詹姆斯看起來十分習慣旅行，他很懂得水路交通，我一路上都沒有感受到任何壓力。我在這之後也旅行過好幾次，但是其中震動最少、感覺最輕鬆的就是和詹姆斯一起經歷的旅程。畢竟像我這樣的精密機器，震動可是會要了我的小命啊。

之前我也說過，都活了一百二十年，當然也累積了不少經驗。我自己也旅行過，可以從人類的對話中窺知旅行的一二。大部分的人類好像都很喜歡旅行，他們很多人對「現在所處的場所」感到不滿，而能夠排解這股情緒的就是旅行了吧。

我不是很喜歡旅行。旅行時多少都要忍受一點束縛，所以我比較希望居於定所。可是只有這場和詹姆斯的旅行，我留下了希望永遠不要結束的心情。

旅行的終點是在上坡。詹姆斯抱著我爬過了一段漫長的坡道。雖然是個大冷天，詹姆斯卻汗如雨下。我們抵達的地方是一座城堡。

詹姆斯告訴守門人他是瑞士的音樂盒工匠，對方便讓他進去了。一位穿著漂亮衣裳、風度翩翩的男子來迎接我們。詹姆斯想把我交給男子後就轉身離開，然而那個人卻沒有收下，而是帶著詹姆斯走進屋裡。這個人不是火災當時來拿音樂盒的那位，也不是前來下訂的貴族。

詹姆斯走過悠長的走廊，爬上了樓梯。我們一路上遇到好幾個人，大家都是身穿漂亮衣裳的時髦打扮。詹姆斯和他的父親，以及其他工匠都有駝背，不過這裡所有人的腰桿全是直挺挺的，宛如身體裡架著豎直的鐵柱一樣。或許這是待在這裡的必備條件。見到我們的所有人都會向詹姆斯點頭致意，態度彬彬有禮，但又不像在熱烈歡迎。大家看起來不是生氣，而是一副很難過的模樣。

抵達一個大房間後，他就在那裡。是那個來石頭屋下訂的貴族。他是個打扮高貴、年紀還很輕的父親。有個像是他妻子的人也在場。兩個人似乎都是衷心在歡迎詹姆斯。妻子說：「謝謝你特地遠道而來。喝杯茶休息一下吧。」然後命令帶路的人端出茶具來。其中令我在意的一件事，就是他們兩人的眼皮都隱約有點紅腫。上次見到這個年輕父親時，他的臉色比現在更有精神。

詹姆斯繼續站著，看起來渾身不自在地抱著我。他也沒在對方示意的椅子上坐下。詹姆斯戰戰兢兢地望了望房間，忽然露出鬆了一口氣的表情。

因為房裡擺著一個古老的音樂盒。那是詹姆斯以前做的音樂盒。曲目是《卡農》，盒蓋上畫著貴族的家徽。主人似乎很愛惜的樣子。為了讓樂音更加優美，音樂盒是放在共振箱上。那個共振箱比工房裡的還要氣派，而且十分寬敞，簡直就像是一張桌子，有著奢華的裝飾。

年輕父親說他想要看看音樂盒，於是詹姆斯把我放到了擺著《卡農》的共振箱上。這裡寬敞到能再多擺上三、四個音樂盒也沒問題。接著詹姆斯拆開布巾，秀出了紫羅蘭花樣的我。

年輕的父親和母親屏住了氣息，接著發出哦的一聲讚嘆。

那時候的我是剛誕生於世上的美麗模樣，雖然靈魂是二十歲，身體卻是剛出生不久。而且我在這之後便慢慢了解到，原來這副身姿不會在歲月中褪色，是普遍受到大眾喜愛的造型。

年輕父親說著「這真是太美了」，立刻打算伸手轉動發條。詹姆斯低聲說道：

「先請小姐——」

年輕父親停下手看了詹姆斯。詹姆斯不好意思地接著說。

「很抱歉沒有趕上生日。真的很對不起。但這是我為了克拉拉小姐製作的音樂盒。區區一個工匠，這樣說有點不知分寸，可是我希望在這座城堡裡，這個音樂盒可以先在小姐的面前播放。我猜這傢伙一定也是如此盼望。」

說到最後，詹姆斯的聲音變得越來越小。詹姆斯稱呼我為「這傢伙」。對身為物品的我來說，這就是最棒的讚美。這時候的詹姆斯竭盡所能地表達了意見，我想對方應該也有感受到他的心意。

然而年輕父親的臉色卻黯淡了下來。

詹姆斯慌慌張張地摘下帽子。在此之前他好像一直沒發現自己還戴著帽子。他不曉得戴著帽子是否才合乎禮節，想要戴回去又半途停下手，看起來扭扭捏捏。詹姆斯一定沒想到貴族的房子竟然大到這個地步吧。詹姆斯以前出入過教會和學校以及其他貴族人家，也曾為雄偉的建築設施安裝巨型時鐘和音樂盒，可是他從來沒有被邀請到這種大城堡的私人房間，甚至還特地準備了茶，讓他不知如何是好。

「請把音樂盒拿到小姐休養的房間吧。我先在這裡告辭了。」

正當詹姆斯打算離開的時候，年輕母親開口說：

「你來得太晚了啊。要是能再早一點就好了。」

詹姆斯驚訝地停下腳步。

「難不成小姐她——」

「沒事的，她很有精神。」年輕父親說。

「她從小體弱多病，從來沒有離開過城堡。我心想如果是音樂盒，待在房間裡也可以聽到音樂，才會委託你幫忙製作。可是就在她生日的前兩天，她的病情突然開始惡化，發起了高燒。我們叫了醫生，用盡各種手段才終於讓她退燒，撿回了性命。」

「是啊，那孩子從來沒那麼有精神過呢。只不過——」

年輕母親的眼眶泛著淚水，手摀著嘴巴。

「她的耳朵已經聽不到了。」

年輕父親像是使盡全力似地擠出聲音說道。

「不曉得是發高燒的關係，還是藥的副作用太強烈。也不知道她今後是不是永遠都會如此，或還有機會可以痊癒。不過總而言之，她還是得救了，身體也比之前好很多，甚至可以下床走路。這對為人父母的我們來說，已經是很好的結果了。」

「可是她聽不到音樂盒的聲音啊。」年輕母親說。

「她本來還聽得到的，直到一個禮拜以前。她盼著音樂盒盼了好久啊。要是可以如期完成，她就聽得到了！」

年輕母親終於說出了心頭的不滿。聽她的口氣，簡直像在說如果音樂盒能準時送達，女兒就不會發高燒的樣子。

她一定很難過女兒聽不到聲音吧。我能理解她一定要把這件事怪在其他地方才肯罷休的心情。更何況，大家殷切地等我等了很久了吧。我真的真的覺得很遺憾。

年輕父親勸著妻子說：「那不是他害的。」

「真的非常抱歉。」詹姆斯向他們低頭賠罪，接著他走向我，用兩手將我抱起來。「這個我帶回去。」他說。

「我會退錢的。」

詹姆斯準備用布包裹住我。這樣想雖然自私，但我仍是鬆了一口氣。可以不用和詹姆斯分開讓我覺得好開心。

就在此時，門被猛然打開，有個雪白的身影走了進來。

霎時間，我彷彿看見鴿子飛舞而來。工房裡有時候會有鴿子飛進來。如果是灰色或咖啡色的鴿子，會被詹姆斯趕走；若是白色的鴿子，他會說那是「天使的使者」，還會餵他們吃麵包屑。

「媽媽，是客人嗎？」

是克拉拉。

她穿著一襲長至腳踝的白色衣裳，宛如天使一般。一頭顏色淺薄的金髮，肌膚是蒼白色，模樣看起來十分嬌弱。我想起了詹姆斯的太太。這種人只是暫時看似有精神，到頭來還是會死去，而且肯定會在不久之後為周圍的人帶來絕望，這種想法支配了我的思緒。

「妳現在還不可以到處走來走去啊。」母親出聲提醒了她，但克拉拉聽不到這句話。

克拉拉好像在無音的世界裡四處徘徊，戰戰兢兢地窺探著大家的臉色。不過當她一見到詹姆斯手上的我，便領悟到自己翹首企盼的東西已經送達，露出了明亮的表情。

「就是這個吧？好美的盒子。」

她說這是「盒子」！但這裡面填滿了我的靈魂，可沒辦法拿來裝其他東西。我忽然有一股不好的預感。既然她的耳朵聽不到，她就不需要我的靈魂了，只要把靈魂取出來，我的確就會變成一個美麗的盒子。這戶人家應該是有錢人，家裡想必放有很多珠寶，難不成我會被當成珠寶盒嗎？

詹姆斯把我放在共振箱上。

克拉拉掀開了盒蓋。她的手比我想的還要溫暖，看來應該暫時還不會死掉。因為沒有轉上發條，我現在沒有發出聲音。隔著玻璃可以看見等同於靈魂的音筒部分。我的靈魂歷經了二十年的歲月，現在依然被保養得閃亮亮的。

「好想看它動起來的模樣。」克拉拉呢喃道。

詹姆斯依然戴著帽子，他蓋上盒蓋把我拿起來，動手轉了轉發條。他把我放到共振箱上之後，用動作和眼神示意克拉拉打開盒蓋。

我的盒蓋被打開了。

這是我在這座城堡發出的第一聲。我竭盡所能唱出了活著的喜悅與悲痛。這個共振箱十分優秀，感覺好像演奏出了超越過去的完美音色。聽到這精彩的音色，年輕的父親和母親反而滿臉痛心。無法傳達給女兒知道的焦慮感讓母親撇過了臉，一副不想再聽下去的模樣。克拉拉緊盯著慢慢迴轉的音筒。她有雙藍色的眼睛。

詹姆斯將手輕輕放在共振箱上，用手勢示意克拉拉小姐跟著照做。於是克拉拉把手放在了共振箱上。就在那個瞬間，她的臉上泛起了紅暈。

「我……感受到聲音了。」

共振箱是用薄木板做的。我的靈魂震動是透過盒腳傳導到木板，讓木板產生共振，使音色迴響得更加嘹亮動人。耳朵聽不到的克拉拉也透過手感受木板傳來的震動，體會到《夢幻曲》的節奏了吧。

聽到克拉拉的話，年輕的父親和母親也將手放在共振箱上。因為歌曲已經停了，父親連忙動手轉上發條讓歌曲繼續響起。如果一口氣有太多手緊貼在共振箱上，就會沒辦法好好產生共振。不過看到一家三口此起彼落地說著「真的耶。感受到了」、「哎呀，的確有感覺」，知道大家都在細細品味我的歌，我打從心底感到了喜悅，開始覺得好興奮。我的靈魂正在流入三人的體內，我有了這樣的感覺。

如果詹姆斯的太太平安生下小寶寶的話。

他們一家三口就會在那間石頭屋裡，如此聆聽著我的歌聲吧。在太太下廚的時候，負責安撫寶寶一定就是我的職責，而且寶寶的體內原本就有融合了我的旋律，他一定會成為熱愛音樂的孩子。

不過，已經沒有如果了。因為和現實不一樣，才會說是「如果」。

詹姆斯不曉得在什麼時候消失了。大概是回瑞士了吧。

那就是我和詹姆斯永遠的離別。

從那天起，我就被放在克拉拉的房間裡。

那是個有床還有鋼琴的房間。她應該原本就很喜歡音樂吧。另外也有兒童用的小笛子。房裡擺了一個專屬於我的共振箱，同樣也是薄木板做的，採用了在木板底下又裝有木板的特殊設計，可以讓樂音產生更好的共鳴。克拉拉把手放在共振箱上，一遍又一遍地聽著我的歌聲。有時候她也會直接伸手觸摸我。克拉拉好像還拜託媽媽買了樂譜，對照著音樂震動和音符來想像旋律。她渴求著聲音，為了捕捉任何聲音拚命地豎起耳朵。

我來到這裡大概一個月之後，克拉拉的耳朵變得能感受到低音了。這可說是我和克拉拉的第二次相遇吧。我覺得好高興，但是克拉拉並沒有因此而感到滿足，她更加貪心地繼續探索我的聲音。又經過了一個月，她已經恢復到連高音也捕捉得到，克拉拉的聽力一點一點地復原了。這段時間可能原本就是治癒的時期，但我還是覺得是我把克拉拉的聽力拉了回來。

父親和母親都欣喜若狂。可是克拉拉還是覺得不滿足。她把我的歌聲完全記下來之後，這次還開始彈起了鋼琴。父親為克拉拉請了鋼琴老師。母親雖然也為她請了外語、歷史和文學老師，不過克拉拉看來就是討厭讀書到令人發笑的地步，她的心裡只深愛著音樂。

克拉拉很喜歡笑，很愛玩耍，也經常會彈鋼琴。她甚至還可以到戶外去了。隨著個子逐漸長高，克拉拉慢慢淡忘了我的事。克拉拉變得一個月兩個月都不會聽我唱歌了，接著甚至一年兩年不聽也無所謂。

我已經完全變成裝飾品。我從來沒有被收起來過，因為克拉拉的房間很大，就算擺著不需要的東西也不會覺得礙眼。父親和母親似乎也忘了我的存在。負責打掃的人會動手擦拭我，所以我的身上並沒有堆出灰塵。但要是不轉上發條，也沒人打開盒蓋，我就無法開口歌唱。我覺得自己的靈魂好像變得越來越僵硬了。

如果克拉拉依然體弱多病的話。

她是不是就沒辦法離開房間，會把我當成朋友呢？

如果克拉拉的聽力沒有復原的話。

她是不是就會把手放在共振箱上，不斷地渴求我呢？

現在沒有如果，而且我也不冀望發生。

克拉拉不能像詹姆斯的太太那樣死去。克拉拉現在活蹦亂跳。她會精神奕奕地出門，也交到了朋友，沉迷於鋼琴。父親和母親彷彿已經忘了克拉拉曾經生病的事，積極地在討論女兒的未來。我默默為自己感到驕傲，覺得這份幸福全是因為有我在的關係。說老實話，當時的我也只能把這個想法當作心靈支柱了。

我現在沒辦法歌唱，那就明天再唱吧。我激勵著自己度過了孤獨時光。有的時候——應該說是常常吧，我會想起詹姆斯的身影。我回憶著甜蜜的過去，想起自己剛出生時有多麼幸福，在如夢似幻中迷迷糊糊地過了好長一段時間。

好了，初見時才七歲的克拉拉，現在已經二十二歲了。

她成長為個性有點強勢又美麗的女子，說自己以後想當鋼琴家。貴族人家的女兒只能把彈鋼琴當作興趣，彈琴賺錢似乎是一件天理不容的事，已經不年輕的父親和母親都覺得這成何體統，大力反對。母親當時大發雷霆，父親則是笑了出來。覺得難以置信而一笑置之的態度，看起來反而激起了克拉拉的鬥志。

父母親不知道的是，克拉拉其實與出入家裡的鋼琴調音師在談戀愛，他們正計畫著要一起私奔。我相信克拉拉一定會說到做到，因為她就是這麼隨心所欲。而克拉拉也真的這麼做了。出乎我意料的是，她竟然用布把我包起來帶出家門。

克拉拉沒帶走任何一件漂亮的洋裝或鞋子，除了身上穿的衣服之外，她只抱著我離開了城堡。我那冷凍十五年的靈魂在顫抖了。克拉拉知道自己愛著我，她沒有我就會活不下去；她知道自己的成長，還有一路伴隨著音樂的人生，全都是由我帶來的。我的心中彷彿出現了一道曙光。我好想快點歌唱，不論哪裡都好，希望克拉拉能找個地方停下來為我轉上發條。

我就是想在這一刻歌唱。唱著「謝謝妳謝謝妳。謝謝妳願意和我在一起」。我不需要什麼共振箱。在路邊也好，在臂彎裡也罷，我有自信能在任何地方帶來精彩的樂音。

克拉拉並沒有播放我。她離開城堡來到街頭後，便全心全意地在奔跑，進入了外觀稱不上是氣派的一棟紅瓦大樓一樓。

那是家二手雜貨舖。

店裡有個戴著圓框眼鏡的瘦弱爺爺，還有身材肥胖的捲髮青年。

克拉拉把我放在雜亂不堪的櫃檯上，接過老爺爺手上滿滿的錢幣，匆匆忙忙地離開了。她大概和鋼琴調音師約好了吧？我目送她踏著雀躍的腳步離去。這就是我與克拉拉最後的離別。

青年埋怨道：「竟然為了這種東西出那麼多錢。」

「說什麼呢，這可是能賣到十倍——不對，說不定還能賣到百倍的價哦。」老爺爺說。他打開我的盒蓋，隔著玻璃指向收納發條的金屬發條盒說：「這裡刻有J・S的印記。」

「你說什麼！這竟然是詹姆斯・史匹里的作品？快拿來讓我看一下。真的耶！」

青年搖動著肥胖的肚子，滿臉通紅地大喊：「時來運轉啦！」

「史匹里已經去世十年了，他的作品雖然棒，但是數量很稀少。現在市面上都是以高價在做買賣。這可能是他的遺作也說不定。總之先來聽聽看吧。」

青年躍躍欲試，粗暴地轉上發條。

我聽到啪擦一聲的微弱聲響。他們兩人似乎都聽不見，但是我聽得十分清楚。那是無法挽救的聲音。

青年氣勢洶洶地打開了盒蓋。

我並沒有發出聲音。我知道自己為什麼發不出聲音。十五年來從沒有被轉過一次，現在卻猛然被大力轉動，再加上長年老化，鋼鐵的發條彈簧就斷裂了。

我覺得鬆了一口氣。才剛知道詹姆斯的死訊，我現在沒有馬上開口唱歌的心情。

青年說著「根本沒聲音嘛」，看起來十分失望。老爺爺卻說：「這樣也不會掉價的。你別再隨便亂碰，拿到F的店去看看吧。」就和老爺爺預測的一樣，比起他們當初收購的價格，F的店闊氣地付出了將近百倍的金額。

F的店開在一個叫做澳洲的國家，位於澳洲的中心位置。這裡是一家有錢人和旅客會駐足的華麗店鋪，可是店內卻沒有任何一件商品是新品。店內有個修理工房，這裡會收集具有價值的物品，修復之後妥善保存，等到值得作為骨董時再對外販售，是一家有點奇怪的店。

物品必定會老化，明明新的看起來比較威風，這裡卻是特地把商品放到老舊之後才拿出來賣。儘管我到現在還是無法理解，但人類似乎願意為了這種東西花上更多錢。

被賣到F的店裡時，我已經三十六歲了，店主卻覺得我再放個二、三十年比較好。所謂放著不管，就是「先不要賣」的意思。店主的名字叫費芙，是個年約三十歲的女性。她請手藝精湛的工匠換掉我的發條，為十五年來不曾動過的僵硬機器上油潤滑，而且幾乎天天都會播放我的聲音。

費芙的房間位在工房的更裡面。

店面和工房都很寬敞，她的房間卻小巧玲瓏，是一個人居住的空間。除了我之外，房裡還放著等待成熟的畫作、時鐘和樂器。等待成熟是她獨特的表達方式，她想說的並不是要放到壞掉，而是用來代表一段通往美好未來的時間吧。

她會在睡前盯著物品看，對大家說話。能夠用的東西就拿來用一下，有時候我甚至覺得那些根本不是商品，其實全是她的所有物吧。然而當販賣的時機來臨，她會毫不猶豫地把東西拿出房間，放進櫥窗裡展示，並且在商品高價賣出時，感到由衷的喜悅。

我每天都會在她的面前高歌。我覺得自己根本是被她逼著唱歌，一點也不快樂。我已經搞不清楚《夢幻曲》的旋律，到底是在表達活著的喜悅還是悲哀了。因為有經過保養，我能發出美妙的歌聲。雖然沒有共振箱，但我被放在幾乎能夠取代共振箱的上好架子，環境條件十分良好，然而，我的歌聲僅僅只是「音色優美」而已。

費芙會如此珍惜我，只是因為我能賣個好價錢。並不想把我占為己有的費芙在我眼裡是個無情的人。克拉拉到頭來還是沒有愛我，詹姆斯也將我拱手讓人。我開始覺得自己只是個不值得受到喜愛的「有聲盒子」罷了。

唯一能撫慰我的只有麻雀了。費芙的生活圍繞在眾多價值連城的物品之中，但奇妙的是，她喜歡的動物並不是附有血統證明的狗，而是隨處可見的麻雀。她會打開小窗子餵麻雀吃東西。因為窗戶架有鐵窗，麻雀沒辦法飛進屋內，會在窗邊啄著食物，一邊配合我的旋律一起歌唱。麻雀好像很喜歡我的音樂，樂在其中的模樣讓我十分開心。在這段等待成熟、漫長到讓人幾乎神智不清的歲月中，有麻雀的陪伴才能讓我繼續堅持下去。

現在費芙說的成熟期間總算結束，我在F的店裡終於被擺上了櫥窗。最顯眼的位置放著小提琴，第二顯眼的則是裝飾著閃亮寶石的立鐘，我的位置是在第三顯眼的地方。每樣商品都沒有標價。價格是由客人和費芙相互議價後決定。費芙這時候已經上了年紀，馬上就要是老婆婆了，而我也和她差不多。

我原本還自暴自棄，覺得誰會想買我這種古老的音樂盒，但我卻出乎意料地受歡迎。每個來店裡的客人都會注意到我，而且都想聽聽我的聲音，連專程來買畫的客人也想聽我唱歌，所有人聽過之後都渴望擁有我。我這個年代的音樂盒，看起來是進入了大受歡迎的時代。

我也沒想到在那個小工房裡老實工作、名叫詹姆斯的工匠會被眾人視為偉人般的大人物。大家的注意力全集中在J．S的刻印上。在詹姆斯去世後竟然會變成這個樣子。我雖然很想告訴詹姆斯，但他現在應該正陪伴著太太和孩子，一起在土中靜靜沉眠吧。

費芙做生意的手段相當高明，她會抬高價格來打亂客人的陣腳，讓對方只能死心放棄。之後終於有個貴族現身表示願意以這個價錢買下，費芙卻出招牽制，對他說：「不好意思，其實有人出了更高的價格。」貴族又表示可以再出更高價，費芙卻撒謊說道：「很抱歉，另一位客人已經先付訂金了。」

那個貴族的態度囂張跋扈，說話的口氣也很蠻橫，我並不想被他帶走。所以當我看到費芙開始向他推薦其他商品（閃亮亮的時鐘），貴族的注意力轉移到上面，最後終於買下那個的時候，著實讓我鬆了一口氣。

同一時刻，我也實際體會到費芙有多麼貪婪了。畢竟那個貴族出示的價格，是相當不得了的金額啊。這之後還有國立的博物館來洽談，希望她能將我捐贈給館方收藏，費芙也回絕了。於是我的身價便不斷地水漲船高。

某天，有一對打扮很不起眼的男女走進店裡。

「哎呀，好美的紫羅蘭。」女子說。她看上去差不多三十歲左右吧。

「這是音樂盒啊。」男子這麼說。這位則是大概四十歲，身材宛如鉛筆一般瘦弱。他們是一對穿著普通、長相也很平凡的夫妻。夫妻倆似乎是從國外來的，嘴上說著不一樣的語言。不過我是用靈魂在聆聽，所以聽得懂他們在說什麼就是了。

他們兩人是一對新婚夫妻，先生會說不熟練的德語。

費芙從背後悄悄靠近他們。「放來聽聽看吧？」她說。

平常費芙總會先放著客人不管，直到對方主動提出想聽聽音樂盒為止，這次真是反常。

「老闆好像要讓我們聽聽看耶。」先生說道。

「聽起來雖然很棒，可是骨董音樂盒肯定很貴吧？要是請她專程放給我們聽，我們最後卻買不起的話就太不好意思了。」

這對夫妻特別客氣，兩人都猶豫著不知如何是好。

費芙從玻璃櫃將我拿出來轉上發條，然後放到了共振箱上。接著她對著太太做出手勢示意：「請打開盒蓋看看。」

太太伸手打開了盒蓋。我心想著反正他們又不會買，便輕鬆自在地高歌起來。

「歡迎兩位啊。聽你們說是蜜月旅行吧。真是一對甜蜜的恩愛夫妻啊。請兩位盡情玩遍澳洲吧。」

我的心情不同以往，非常愉悅。他們很像麻雀，都是忠實乖巧的聽眾。看得出他們都陶醉在我的旋律中，是一對能聽出音色優劣、耳朵很靈敏的夫妻。我唱得值得了。我的歌聲結束時，太太的眼眶裡含著淚水。

「真是美妙的樂音啊。宛如金平糖在彈跳一樣，聽起來真可愛。」

這時候的我還不知道金平糖是什麼。但我心想那一定是很棒的東西。

太太並沒有說她想要，不過她輕輕地握了先生的手臂。先生戰戰兢兢地開口問了價錢，費芙便告訴了他。我大吃一驚，因為那個金額是報給貴族的十分之一。

先生的臉色沉了下來。縱使是這個價錢，對夫妻倆來說似乎還是難以負擔。費芙又再度降了價。

「我們可以取消明天的晚餐嗎？」先生向太太問道。太太說：「我們買麵包回飯店房間吃吧。然後親愛的，如果你為我買下這個，我這輩子就什麼也不需要了。」

於是費芙便以難以置信的金額把我交給了這對夫妻。

如此這般，我被抱在平凡太太的懷裡，與他們一起搭上飛機，來到了名為日本的國家。

那是一個像用水彩畫出來的國家。天空和植物還有人類都是呈現淡淡色彩。

在水彩畫的國度裡，溫柔婉約的太太深深地愛著我。我每天都能歌唱，為太太帶來笑容。就像買下我的那時候她曾對先生說的，太太除了我之外再也沒索求過什麼了。

我從來沒想過會有如此幸福的日子到來。

詹姆斯的太太去世時無所適從的我。被克拉拉丟下後感到悲慘哀戚的我。在費芙的房間裡空虛歌唱的我。我現在的心情，就是好想把這些我全部召集起來，告訴大家：「以後會變得很幸福哦。不過現在大家可能不相信就是了！」

不久之後太太懷孕了。因為曾經有過詹姆斯太太死去的記憶，我對生產感到十分恐懼。太太同樣也是深受孕吐所苦，持續著無法起身下床的日子。她就像是要轉移注意力一樣，會側耳傾聽我的旋律。

「一定要平安生下，一定要平安生下。萬事拜託了。」

我不斷地全力歌唱。

最後我如願以償，寶寶平安出生了。是個男孩子。太太也平安無事，我開心得欣喜若狂。如果我有眼睛的話，想必會滿是淚水，弄壞重要的機芯吧。先生也十分喜悅。孩子的出生似乎成為他的動力，他埋首辛勤工作，每次都忙到深夜時分才能見到寶寶的睡臉。

太太是個慈愛溫柔的人，看起來十分熱衷在育兒上。畢竟還有我這個強力的好夥伴嘛。太太忙著做飯時，我就會負責哄寶寶。我在日本的家庭裡，度過了原本應該會在詹姆斯的石頭屋裡度過的育兒經歷。如果變成了現實。如果存在於未來。如果就是希望。看來果然還是要懂得懷抱夢想啊。

男孩長大後，進入了叛逆期。他對父親尤其叛逆，曾經吵架吵到把我丟到院子裡。因為沒辦法動手打父親，他只好把我丟了出去。包覆機芯的玻璃就這樣被摔破了。兒子似乎不懂我的價值。當時太太立刻把我送去修理。

就像這樣，家裡也是會發生這種家家戶戶都曾經歷的日子，讓太太有時候會無精打采，但她只要聽了我的聲音似乎就能獲得安慰。先生是個工作狂，平常幾乎都不在家，不過他回家後都會在半夜播放我，一個人靜靜地聆聽。我其實滿喜歡這一段祕密的時光。

太太和先生都是溫和老實又貼心的人。我也上了年紀，身體不時會出現一些毛病，但太太總是會馬上把我送去修理，非常珍惜我。

就像我的年紀會變大一樣，太太和先生也上了年紀。太太患了病，身體開始變得越來越衰弱。這確實讓人寂寞，但並非是件不幸的事。因為夫妻倆十分恩愛，一起攜手度過了比詹姆斯夫妻還要長久的時光。而且，他們的兒子也不是那麼壞的傢伙。他會把我帶到母親住院的地方，播放我的聲音給虛弱的母親聽，結果被母親罵「這樣會打擾其他病人吧」，便帶了點心禮盒發給其他病人作為賠罪，他也是有溫柔一面的人。

我一邊唱歌一邊陪著太太直到最後。太太去世後，先生的身體也變得越來越衰弱。先生似乎十分煩惱我的去處。兒子看來不是很適任的樣子。曾經被兒子丟出去的過往也成了我的陰影，我其實很抗拒和兒子一起生活。因為我好愛他們夫妻倆，想和他們一起入土為安，然而先生卻留下了遺書，把我寄放到一家小店裡。

雖說是店，但是和F的店不一樣，並不會把我當成商品販賣。這裡是寄物商，是專門讓人寄放物品的店家。

我現在的主人依然是那對已經去世的夫妻。據遺書的內容，寄物商要依約保管我五十年。我已經一百二十歲了，大概很難再撐過五十年，看來這裡應該會是我的臨終之地。

先生最後決定將這裡作為我臨終的場所。他的目的只有一個，我猜先生賦予了一項任務給我，而我也願意接下這項任務。

寄物商的老闆把我放在玻璃櫃裡。因為這裡是個離他不遠，客人也看得見的地方。當初寄物的時候，有提出偶爾要播放我的條件，所以老闆會依約讓我發出聲音。老闆的眼睛看不見，也因為如此，他對聲音很敏感。他看起來是打從心底在享受著我的歌聲。不過老闆對於音樂盒是個大外行，他會很不識相地把我擺在榻榻米上放來聽。這種播放方式無法讓聲音好好共鳴。雖然我很想告訴他，可惜沒辦法。那張老舊的文几應該能當個適合的共振箱，但上面老是堆著厚厚的點字書，完全沒有我能待的位置。

因為老闆的耳朵很好，他似乎十分樂在其中。寄物商這裡有隻名叫社長的白貓。說到這隻貓的反應，可是逗趣到讓人忍不住笑意，會露出肚子扭啊扭地，扭啊扭地跳舞。

其實當初被寄放到這家店裡，老闆把我接到掌心上的時候，我的心裡就冒出了某種情感，是目前為止從來沒有體會過的情緒。

我的心裡湧現出至今被人愛過的記憶，而且我發現了可以讓我灌注這些情感的對象。

最深愛我的人是詹姆斯。另外還有詹姆斯的太太。愛我愛最久的則是日本夫妻。大家都用不同方式為我灌注了愛。

我認為幸福是可以用加法來計算的。無論今後將會遭遇多少不幸，曾經加上去的幸福也不會因此減少，我就是這麼覺得。

為什麼在F的店裡，費芙會以那個價格把我讓給日本夫妻呢？

當時我雖然嚇了一大跳，但來到日本之後便漸漸明白了。我猜費芙大概是想創造出最完美的邂逅。她所說的成熟期，應該是指要遇到最佳的邂逅，就是需要這麼長的時間吧。

還有另一個最大的謎團，就是詹姆斯為什麼要把我拱手讓人。這是長久以來最讓我百思不得其解的謎團，不過最近我終於有點頭緒了。詹姆斯應該是想給我一個幸福的未來吧？

詹姆斯是創造我的父母，父母都會想讓孩子走向光明的未來嘛。已經抓住幸福未來的我，現在這一刻，站到了詹姆斯這一邊，簡單來說就是有了為人父母的心情。我想讓寄物商的老闆獲得幸福，這是我現在的願望。我確信這就是去世的先生託付給我的任務。

我要讓寄物商的店裡繚繞著美妙音樂，更加豐富老闆的人生。

幸好老闆很中意我的音色。我知道他總是愉悅地在聆聽我的歌聲。我不只會撫慰老闆的心靈，也讓老闆與外界有了聯繫。老闆會讓客人聽聽我的聲音，一起享受音樂，彼此聊得更起勁。

直到我動不了的那天為止，我都會一邊祈禱著老闆的幸福，一邊唱下去。萬一哪天發條突然斷了，我其實還是會有個遺憾啊。那就是「希望他至少把我擺在文几上聽」。

老闆什麼時候才會想到要把我放到文几上呢？

如果——沒錯，就是如果有一天，他把我放到文几上，聽了我的深沉音色之後，不曉得他的心裡會有什麼變化？

今天老闆還是把我放在榻榻米上。

有個國中女生好像很想聽聽我的聲音，老闆便轉上了發條。這個國中生有雙藍眼睛，頭髮也是金色的，長得有點像克拉拉。她之前曾和黑眼睛的朋友一起來過，今天則是只有她一個人。老闆和國中生一起聽了我的音色。當然社長也是。只要看著這個畫面，便讓人感到無比欣慰，甚至會覺得就算永遠如此也無妨。只不過啊。

在文几——不對，就算是在玻璃櫃上也行。要是能在那上面唱歌就好了。不知道會變出什麼樣的音色呢？

「如果」是心中遺憾。我覺得這個遺憾正是「夢想」，這也是自己誕生在這個世界上的證明，宛如至寶一般。

看海去

「那麼，你決定要考大學吧？」

「對。」

「太好了。因為你父親這麼強烈要求，我也自然以為會是如此，所以之前沒問過你本人的意願，現在算是再確認一下。」

柳原老師的聲音很溫柔。聽起來好像是鬆了一口氣。我猜老師現在大概是面帶微笑，所以我也露出了笑容。

窗外吹來陣陣舒適宜人的涼風。這裡是新校舍二樓南端的升學指導室。窗外有棵七十年樹齡的櫻花樹，櫻花已經完全散落，讓風捎來了新葉的芬芳。這棵櫻花樹的樹幹很粗，我在讀小六的時候，必須和窪塚、西野三個人一起牽起手才有辦法抱住它。不曉得現在變得如何了呢？都已經高三了，要說出「一起牽手量量看吧」實在很丟臉，所以我還沒有嘗試過。

新葉的香氣很棒。比花香還教人喜歡。

我聽說在這所學校蓋好之前就有這棵櫻花樹了。地主好像是以不砍掉櫻花樹作為條件，無償出借這片位於東京黃金地段的土地。不只是櫻花樹，體育館旁邊也有棵樹齡兩百年的樟樹，看來不砍掉那棵樹應該也是條件之一吧。保留現在所擁有的，將新的事物持續累積下去，這項精神被傳承為這所學校的教育方針，學生互相尊重每個人身上的不同特質，老師們發揮耐心對待學生。其中這位柳原老師，更是會讓人懷疑她的所有細胞是不是都是由名為認真的成分所組成。

「以你的成績，應該可以用推薦入學的方式申請到不少大學。」

是翻動紙張的聲音。我的腦中已經浮現出大學校名。如果是推薦入學的話，就表示學校裡會有這裡的畢業生，讓人放心多了。我隸屬的田徑隊每年都有人選擇升學，我想去的大學就有田徑隊的學長姊就讀。

「要不要參加一般入學考試，挑戰更好的學校呢？」

這句話出乎我的意料。

我正煩惱著該如何回答，「哎呀，真是的，你一臉就是從來沒考慮過這件事的表情！」老師用盤問的口氣對我這麼說。

「法律之前人人平等。這你有在課堂上學過吧？憲法保障所有學生都有平等的受教機會哦。只要事先提出申請，你想報考哪裡應該都沒問題。」

老師說了「應該」。這是要我以「應該」的可能性來決定志願嗎？

「可是老師，社會上不是所有事都能用憲法說得通啊。」

「你說得沒錯，這真的很遺憾。」

柳原老師老實地承認了。

「不過，權利就是要由自己去爭取的吧？就算是我們現在已經擁有的權利，原本也是因為有人挺身而出，才會存在的吧？」

這麼說來確實如此。我能從小學開始在這所學校讀書，並住在校區內的宿舍，不需要辛苦通勤就能上課，也全是因為有人鼓起勇氣跨出第一步的關係。

然而對我來說，就讀大學本身就是一件需要勇氣的事。首先，光是要踏出宿舍和校園這些習慣已久的地方前往未知世界，就已經是一場十足的冒險，更遑論參加一般入學考試。要申請點字試題的特殊應考服務需要辦理手續，為此必須奔波好幾趟。不只是本人，對家人來說也很辛苦。還有老師也是。

為了能上更好的大學而在考試上耗費精力真的有意義嗎？更何況更好的志願又是什麼？視障者總會受到某些特殊待遇。我們有「權利」參與受到分數左右的社會制度，例如找工作之類的自由競爭中嗎？

「利用推薦制度的話確實比較輕鬆。不過老師覺得接受辛苦的挑戰也很有意義。桐島同學有能力透過一般入學考試進入更好的學校，所以我才會這麼說。你不用擔心申請特殊應考服務的費用。只要是國立大學，文科省[6]都會提供補助。問題在於申請時間。」

柳原老師現在已經完全把我會參加一般入學考試作為前提了。

「無論我們這邊多早提出申請，大學校方都是在十二月才會回覆。你

6 文部科學省。相當於教育部的日本行政機關。

仔細想想，全國統一考試是在一月對吧？校方至少也該在半年前回覆才對。考生決定好志願學校，並以此作為目標來備考的話，就算提前半年準備也算很晚了。」

柳原老師目前四十歲單身，不過聲音聽起來比實際年齡再更年輕一些。老師似乎二十四小時都在想著學生的事。她會陪通勤的學生一起上下電車直到習慣為止，也會指導學生千萬要小心別掉下月臺。老師是高中部普通科的級任導師，負責的科目是世界史，也擔任讀書社的指導老師。我讀國中的時候同時參加了讀書社和田徑隊，但現在只專注在田徑隊上了。

「我希望你能挑戰看看。為了學弟妹們的未來。」

「要是能順利考上就好了。」

「你的話一定考得上的。無論哪個學校都沒問題。一般入學考試的資料很複雜，等你決定好要鎖定理組還是文組之後，我再轉譯成點字給你吧。以你的成績，不管選哪邊都不成問題。」

「我的志願是法學系。」

「你家是在東京吧。你想報考有辦法自行通勤的學校嗎？」

「如果可以的話，我比較想選有學生宿舍的學校。」

我有一段時間都沒聽到回應。老師是不是覺得我很奇怪？

「我知道了。」柳原老師小聲說道。接著她又用明亮的聲音說：「畢竟是年輕人嘛，都想過得自由一點吧。」

我站了起來，低頭一鞠躬，正打算步出教室，「明天有紀錄賽吧。」柳原老師像是猛然想起來似地說道。「我記得是跑兩百公尺吧？」

「是一百公尺。另外還有跳遠。」

「要努力突破紀錄哦。然後還有一件事，就是下禮拜有轉學生要來，我想請你協助一下。」

轉學生？在這個時間點真是難得。

「麻煩你幫忙導覽一下校園，像是在走廊的步行規矩，還有避難路線等等。」

「我明白了。不用幫忙介紹宿舍嗎？」

「對方是女孩子，音樂科的河合同學會和她住同一個房間，宿舍的介紹我已經請她幫忙了。但因為轉學生讀的是普通科，所以換教室上課之類的細節，我想麻煩擔任班長的桐島同學來協助。」

「我知道了。」

我打開門準備離開的時候，有人對我說了聲「喲，總理」。是西野。

「你決定好出路了嗎？」

「現在才開始要考慮。」

「不是早就決定好了嗎？你要去讀東京大學法學系，畢業後當政治家，以三十五歲的年紀成為史上最年輕的總理大臣，在聯合國總會上用英文唱童謠《春天的小溪》啊。你和大家約好了吧？」

「我才沒有和你們約好。」

那是在國中的運動會上，大家說如果輸了滾球競賽就必須接受這個懲罰遊戲，但我可沒有說好，我是說「我才不會輸」。然後，我就輸了。

在那之後我的外號就成了總理，偶爾也會被叫成聯合國。

「西野同學，你別聊天了，快點進來。」是柳原老師的聲音。

「你有什麼打算？」我小聲問他。西野斬釘截鐵地說了「男子漢一言既出駟馬難追」，接著走進升學指導室。

我走在走廊上，一邊羨慕起了西野。他小學的時候就已經決定要去讀針灸科，通過國家考試成為針灸師。他斷然地說：「發揮比眼睛看得見的人還要優秀的觸覺才是上策。」這個想法很單純，也是正確理論。

這麼說起來，窪塚也是個單純的傢伙。「好想早點回家，好想吃媽媽的炸雞。」他以前老愛這麼說，沒想到他很快就實現夢想了。是疾病完成了他的願望。我想他現在應該在家鄉的墓地眺望著大海吧。

我和西野及窪塚三個人之間，存在著「死後就能獲得視力」的信仰。雖然這是我們讀小學時聊到的，但我到現在還是如此相信。

在接近音樂教室的時候，我聽見了樂音。是音樂科的河合同學在彈琴。一聽到琴聲，我立刻就知道是她在演奏。我停下腳步側耳傾聽。真是美妙的旋律。

我第一次聽到她的琴聲，是在高一那年冬天的音樂祭上。

那段音樂不是從耳朵流入，而是從皮膚融進了體內。那天十分寒冷，禮堂裡的溫度冰冷刺骨。我在厚重的毛衣外又穿了件夾克外套，但這樣卻一點也不構成阻礙，她的琴聲依然直接滲透進我的身體裡。不只是我，大家肯定都是如此。因為就連遲鈍大王西野，也在我旁邊吸著鼻子。那是讓人忍不住泫然欲泣，非常優美的蕭邦《夜曲》。

她的老家在京都，國中時期好像是在一個名叫費城的地方生活。她不像我是中途失明，似乎出生以來就是全盲。她的琴技卓越，聽說還曾在波蘭的鋼琴大賽上闖過預賽，是備受期待的未來鋼琴家。

京都、費城和波蘭，她的經歷十分亮眼。這份個人資料是來自學生之間的情報網，所以我也不曉得從哪裡到哪裡是真實的。遺憾的是，我從來沒有和她說過話。我們雖然是同年級，但普通科和音樂科平常並沒有機會接觸。只有在運動會和音樂祭上才會碰在一起。

其實我是她的粉絲，這件事連西野也不知道。她演奏的音樂精彩到連外行人的我也會感到驚豔。聽起來如夢似幻又帶有個人特色，是清透乾淨的樂聲，輕鬆就能讓人們獲得幸福。

在我遇到她的琴聲以前，我一直認為藝術特別難以理解，感覺上總是陰沉沉的。不過，我現在覺得，所謂的藝術或文學，都單純只是為人們帶來幸福的存在吧。

河合都同學。我偷偷為她取的外號是「幸福鋼琴師」。她和鋼琴的感情一定很要好，而且是個內在和外表都很美麗的人。我猜她絕對會去讀音樂大學，所以能像這樣聆聽她的琴聲，大概也只能到畢業前了。

即便如此，她的琴聲還是好優美。

當她一練習起鋼琴，我就會側耳傾聽，在腦中將旋律轉換成點字音符記下來，再去調查那是什麼曲子。只要把點字音符輸入進電腦，就可以查出曲名。雖然我只有在小學和國中的課堂上學過音樂，可是我的耳朵很靈，能透過聲音判斷出音符。我以前只會聽日本的流行音樂，不過多虧了她的影響，我現在已經變得很熟悉古典音樂了。

我回房間查了一下，今天聽到的曲子是穆索斯基的《展覽會之畫》。

隔天的紀錄賽是在細雨紛飛中舉行。

很可惜，我的一百公尺成績並沒有刷新個人紀錄。我重新打起精神，開始做跳遠的助跑準備。檢查步伐的時候，我的臉頰感覺到陽光透過雲層灑下來的光線。太陽正在歡迎我。這次應該會跳得很順利。我準備好了。

「桐島，不錯哦。」是體育老師的聲音，我聽到指示方向的拍手聲。

先伸出右腳，用強烈的節奏踢開泥土。

一、二、三、四、五、六、七、八、九！

我的腳不偏不倚地踏在起跳板上了！

腹部出力向前飛奔出去！

大力甩動手臂，挺起後背向上，就像要抓住天空一樣！

我聽說如果眼睛看得見，起跳板會進入視線裡，讓人在無意之間調整步伐，容易在助跑中減速；即使逼自己不看起跳板，最後仍然會自然地映入眼簾，使身體自動產生反應。照理說眼睛看不見的我們應該占有優勢，但其實還是會忍不住去注意起跳板。萬一不小心跨過頭就成犯規了。擔心自己犯規的心理因素，促使我們硬是去尋找看不見的東西。結果反而比眼睛看得見的人更麻煩。

示意「要往這邊哦」的提示方向拍手聲也是一樣。雖然這樣可以分辨跑步方向，但還是會感到恐懼。在日常生活中為了不要撞到交通工具和人，我們行動時會避免靠近有聲音的地方。現在這已經成了習慣，朝聲音前進的行為會讓人感到驚慌。然而這時候的我不一樣了。無論是起跳板還是聲音，我一點也不在乎。

不是要讓腳去配合起跳板。

而是我腳底下踩的東西，就是起跳板才對。

我要跳。要遠遠地跳過去。

「你可以再走慢一點嗎？」

她不高興的聲音讓我回過神來。

這裡是舊校舍的三樓，我就站在圖書室的前面。上禮拜，我跳出了超乎預期的跳遠成績，那個瞬間已經在腦海中浮現好幾次。說老實話，我完全沒有專心在為轉學生導覽校園，我想速速解決這件事，早點去參加社團活動。為了不要忘記那個感覺，我想要再多跳幾次。

我平常並不是那麼冷漠的人，我在這所學校已經是老鳥了，也負責為新生導覽過好幾次，可是這個轉學生實在讓人受不了。

「你是叫桐島沒錯吧？你走太快了。你真的看不見嗎？其實你看得見吧？」

她講話的時候，會像這樣毫不客氣。

她大概覺得很不安吧。從聲音可以知道，她呆站在離我兩公尺遠的地方。第一次到陌生的場所會讓人感到害怕，但我沒辦法同情她。石永小百合，這個彷彿假冒電影女明星名字的同學，從第一次見面開始就對我態度很差。

「我不要。請老師來幫我導覽。眼睛看得見的人比較好。」

她在我面前直截了當地說。她是不是以為眼睛看不見的人，耳朵也聽不到？聽到她和河合同學住在同一個房間，本來還想對她親切一點，結果我對她的好感度急轉直下，瞬間就失去了幹勁。

柳原老師不會罵人，不會因為對方第一次見面的態度差就棄之不顧。所謂老師就是這麼一回事。

「妳放心吧。他待在這所學校的時間比我久，連體育倉庫裡有幾顆排球都曉得，也知道其中有幾顆已經沒氣無法使用；他還讀遍了圖書室的藏書，書裡有多少錯誤點字都一清二楚。」

老師也很壞心眼，根本把我說成一個不知變通又神經質的男生嘛。我確實是那樣沒錯，但也不是只有如此而已。我創下了全盲高中生跳遠新紀錄的偉業。

「這裡是圖書室。這樣就算是走遍每個地方了。」

趕快解決掉麻煩事吧。我開始集中精神加快導覽的速度。

「往前走三步，再伸出右手，下面就是門把了。要進去看看嗎？」

我聽到戰戰兢兢的腳步聲以及開門聲。聽說石永之前都是就讀普通學校，眼睛多少還保有一點視力。

「妳看得見我嗎？」

「模模糊糊的。」

「跟得上我嗎？雖然我猜妳應該很排斥，但如果很難跟上我，妳可以把手放在我的肩膀上，或是抓住我的手臂也行。」

石永一語不發地揪住了我右手臂的襯衫。這樣抓襯衫會縐巴巴的，我很不喜歡。因為她說話的語氣像石頭一樣硬邦邦，我的腦中便浮現出一個臉蛋像石頭的女子，正用粗壯手指緊捏住我襯衫的畫面。

我放慢腳步走，一邊開始介紹起書架。

「和一般的圖書館一樣，都是以書籍類型來分類。右側是小說的架子，旁邊則是評論，各個類別都是依照作者名字來陳列。點字和墨字的版本會排放在一起。」

「墨字？」

「用眼睛閱讀的文字在這裡稱作墨字。弱視生會使用擴視機來閱讀。我們來試一下好了。」

我拿了一本書，帶她來到擴視機的位置。我讓她坐下來，翻開書頁放好。

「看得見嗎？」

「嗯。我喜歡這個作者的書。」石永的聲音變得活潑了一點。

「他好像很受高中女生歡迎。這個作者的所有作品架上都有。直接在這裡閱讀的話就不需要辦手續。妳也可以自由使用機器。」

現在結束的話，我還有一小時可以參加社團活動。

「需要向妳說明點字書嗎？」

「我看不懂點字書。」

「如果眼睛看得見，就可以不用學這個。」

我把書放回書架上，並關閉了機器。現在只要把她送回教師辦公室就結束了。

「要回去了哦。」我雖然這麼說，她卻沒有伸手來抓襯衫，也沒有要移動的打算。我無法透過氣息掌握她現在是坐在椅子上，還是已經站了起來。

「有一天就會看不見的。」

這段細語是從比較低的位置傳來。看來她還坐在椅子上。

「那等妳真的看不見之後再學就好。那樣會學得比較快。」

「是這樣嗎？」

「不學就什麼也讀不了。如果只剩下一條路可走，狗急也會跳牆啊。」

我這麼說，同時想著自己未來的出路。推薦入學、一般入學考試、學生宿舍、回家。我有好幾條路可以選擇。每個我都不討厭，卻也沒有非它不可的選項。我的未來順其自然就好，我覺得這樣就行了。

「你可以唸給我聽一下嗎？」石永問。她不知道什麼時候站了起來，離我很近，似乎就在我的眼前。我快要喘不過氣了。

「現在？」

「現在。」

我放棄社團活動，拿出她說喜歡的那個作者的最新作品點字書。這次我把書放在比較大張的桌子上，直接站著用手解讀書頁，唸出了幾行內容。

「感覺是個很有趣的故事。」

她喃喃自語。只不過故事結局是讓人空歡喜一場啦。我不是很喜歡這個作者的作品，但畢竟是得來不易的點字書，所以我全部都有看。

「妳要借墨字的版本回去嗎？」

「今天先不用了。」

是手在觸摸書頁的聲音。

她現在還保有微弱的視力，今後將逐漸消失。知道自己即將失去什麼，任誰都會感到不安。希望她能了解，雖然點字書不是很方便，但她也不會因此變得不幸。不過這個道理無法由別人來教她，只能靠自己去體會了。

「你是用兩隻手在讀吧。速度真快。有辦法讀得這麼快嗎？」

「我是一邊用右手讀，一邊用左手追著下一行。」

我平常讀得比現在更快。我喜歡閱讀，因為讀的速度實在太快，這裡的藏書幾乎都被我讀完了。讀慢一點可以細細品味內容，但我太想知道故事接下來的發展，總是會忍不住加快速度。

「因為點字書很占空間，能夠擺放的作品數量有限。附近有間區立圖書館，那裡也有大字書和有聲資料。」

「我可以進去嗎？」

「只要有這裡的學生證就能申請借閱，很簡單的。建議妳可以先辦好借閱證。」

「你常常去嗎？」

「滿常的。畢竟除了辭典和兒童書，我已經把這間圖書室裡的書全都讀完了。」

「你喜歡書嗎？」

「還行。導覽到這邊可以了吧？」

「嗯。」

介紹完圖書室，我決定移動腳步到教師辦公室所在的一樓。為了向她說明避難路線，我們從室外樓梯慢慢下樓。她隔了一小段距離跟在我的身後。

風吹起來很舒服。這座樓梯是在日照不太良好的位置，但我沒有感覺到濕氣，看來今天天氣很晴朗吧。

「欸，桐島同學完全看不見吧？為什麼你不用手杖也能走？」

「因為我記得校內所有角落。哪裡有門、樓梯有幾層之類的，我都清楚。我會用肌膚感受空氣的移動，所以也能曉得門是不是開的。」

「你的腳邊不會絆到東西或撞到什麼嗎？」

「最糟也不過就是摔倒。」

「會撞到人嗎？」

「人和物品不一樣，氣息上很好分辨的。而且有腳步聲，也能靠著空氣的動向避開。不過偶爾還是會撞到就是了。」

「欸，你其實看得見一點東西吧？」

「我看不見啊。我在校外就會使用手杖。手杖的用法也是有規矩的。隨便亂用會很危險，也會給其他人帶來困擾。妳到時候會學到的。」

「手杖啊。感覺好討厭。」

「很方便。要向周圍的人求助時，手杖就能成為最佳指標。」

「沒人幫忙就無法移動的感覺很討厭吧？」

我沉默了。她的話就像有沙子跑進嘴裡那樣惹人厭。口氣太直白，令人不悅。每個人多少都會有一些不滿，為什麼她要直接說出口？就算說出來也無濟於事吧。

「桐島同學的模樣很帥氣，這是為什麼啊？」

「咦？」

「你的姿勢好端正。為什麼姿勢會很端正？」

她的話都是由怨言和問題所組成。我開始覺得煩了。

「我小學的時候其實有駝背，想事情時還習慣搖晃身體。到了國中就被老師提醒了。老師說要當作隨時有人在看著自己，要想像身體裡放了一把尺，保持直挺挺的姿勢。」

「是哦。」

「這裡的老師都很期待我們的表現。老師還說在我們學生之中，以後說不定會出現一個成為總理大臣的傢伙。」

這不是我在騙人，校長有時候確實會在朝會上這麼說。他希望教育學生養成參加正式場合也不會丟人的良好舉止。

「在國際高峰會上不可以駝背或抖腳，一國的代表者必須保持端正又帥氣的身姿對吧？」

「但實際上根本沒有帥氣的總理大臣啊，都是無精打采的大叔。」

是這樣嗎？總理大臣裡面都沒有帥氣的人嗎？為什麼啊？是不是在成為總理大臣的半路上就會變得無精打采？

「桐島同學的外號是總理對吧？你備受大家的期待嗎？」

「天曉得。」

「因為你的身體裡放著一把尺嗎？」

「不是的。我不管怎麼樣，都無法想像自己身體裡放了一把尺。所以我是想像成金魚缸。」

「金魚缸？」

石永嘴裡冒出奇聲怪音，還發出了咚的一聲踏地聲響。她是不是嚇到跳了起來？此時我們正巧走到了最後一層的樓梯平臺。如果是在樓梯中間，她有可能會踩空腳，真是萬幸。看來要先講完這個話題再下樓梯比較好。我停下腳步，特意用嚴肅的口氣繼續說下去。

「我想像肚子裡有個裝滿水的金魚缸，隨時注意著別把金魚缸的水灑出來。天天都這樣。我的姿勢就是靠這樣練出來的。」

石永沉默了好一會兒。

「要下樓梯了。」我說。她默默跟了上來。抵達一樓後又回到校內了。因為一路上沒有說話，移動起來很迅速。她直到剛才為止都很吵，突然安靜下來反而讓人覺得不對勁。快到教師辦公室了。我正想著任務終於可以結束的時候，她又開始發問了。

「金魚缸裡面有金魚嗎？」

石永大概是完全信了我的話吧。

「有啊。畢竟是金魚缸嘛。」

「是什麼樣的金魚？」

「紅色小小隻的。」

「你說紅色，桐島同學認得出顏色嗎？」

「噓。」

我聽見鋼琴的聲音了。走廊的窗戶是開的，琴聲從新校舍傳了過來。我停下腳步，開始在腦海裡進行把樂音轉換成音符的作業。石永被我像對狗一樣噓了一聲，我本來以為她會如石頭一般大發脾氣，沒想到她卻意外地安靜。她似乎也在聽著琴聲。美妙的旋律能穿石。聽到最後，石頭女說話了。

「是貝多芬的《月光》。」

「之後你和轉學生如何了？」

在學生餐廳剛吃了一口午餐，坐在隔壁的西野便向我搭話。

「總理是吃麻婆豆腐定食啊，聞起來好香哦。早知道我就選這個了。有附杏仁豆腐的話就分一半給我吧。」

「你又吃味噌拉麵嗎？偶爾也吃點別的吧。」

西野唏哩呼嚕地使勁吸著麵條。

「我每次都有那麼想啊。」

「嘴巴有東西的時候不要說話啦。」

「我會想著下次點別的來吃。可是每次一到了中午，又變得想吃拉麵了。大概是體質的關係吧。」

「你是味噌拉麵體質嗎？」

「我也會吃醬油口味。我會吃當下最想吃的東西，這就是我的準則。所以我說那個轉學生，她是個什麼樣的傢伙？」

「我只是幫她導覽了一次校園，也不太清楚。」

那個石頭女，我是說石永，她神奇地很受女生歡迎，一下子就融入到班上。像是換教室之類，都有女生會告訴她，所以我在那之後就沒有協助過她了。女生們竟然會欣然接納那麼惹人厭的石永，實在太奇妙了。我好怕到時候會不會掀起什麼風波。

「我啊，上生物課的時候和她是同一班，有和她說上一點話，感覺人還不錯。」

西野好像還想再多聊一點石頭女的事，我就稍微配合他一下好了。

「你們聊了什麼？」

「我問她家在哪裡，她說在長野。」

「然後呢？」

「只有這樣而已。她的聲音聽起來很舒服。讓我想去長野看看了。」

難道只有我覺得她很吵嗎？那天是她轉學來的第一天，說不定她心裡也是七上八下。

「透！」

我聽到有人在稍遠處喊我。嚇死我了，那是爸爸的聲音。

「我向老師申請到外出許可了。我們一起去吃個飯吧！」

爸爸在學生餐廳入口大聲喚我，似乎在猶豫著要不要走進來。午休時間才剛開始沒多久，學生都在餐廳裡熙熙攘攘地聊天用餐。以音量聽起來，全校大概有三分之一左右的學生在這裡，大家都對校外人士的聲音很敏感。所有人都聽到了那句「透去吃個飯吧」。爸爸其實可以正常地走進來，正常地在我的身邊說話就好。

西野鼓著塞滿麵條的嘴巴說：「是你爸嗎？」

像是這種時候，西野的媽媽一定也會向我打聲招呼。爸爸在外面或許是個了不起的社會人士，但在這裡卻連最基本的禮節都不懂。

「你快去吧。麻婆豆腐就由我收下了。」西野說。

因為覺得很丟臉，我只應了一聲，便離開座位。

西野家是在德島務農。

小學五年級的暑假，我和窪塚一起在那裡待了一整個月。那是個有爺爺奶奶、弟弟妹妹，堂親表親也會來來去去的熱鬧家庭。他爺爺的腳不好，卻很會操控拖曳機。那裡到處混雜著各種東西，我也不太會形容，但一切都充滿著毫無界線的開放感，就算眼睛看不見也不會被視為問題。

爺爺說要帶我們去煙火大會。奶奶阻止著說「去了又看不見煙火，這樣太可憐了」，但爺爺卻還是頑固地主張「煙火那麼大，他們一定看得見」。因為爺爺很不服氣，我們還是跟著他去了。震耳欲聾的砰砰聲，撼動了我們三人的胸口。周圍人聲鼎沸，火花劈哩啪啦地散去。我們都樂壞了，玩鬧得不亦樂乎，回去後還在蚊帳裡笑喊著欣賞煙火時的吆喝聲，被西野媽媽罵了一頓。

爸爸讓計程車停在校門口等著。

因為事出突然，我沒有拿手杖就外出了。爸爸帶我來的地方，是一個完全掌握不到空氣流動的寬敞飯店，地上鋪了地毯，播放著柔和的音樂。無法摸索到牆壁的地方難以辨識出空間感，讓人分不清楚方向，我只能倚靠著爸爸的手臂來移動。我們走進飯店二樓的中式餐廳，就坐時我鬆了一口氣。然而過了一關還有一關。爸爸跟我說想點什麼都可以，可是我又讀不了菜單，只好全權交給他決定。爸爸向我說明店裡用的是圓桌，是可以轉來轉去的桌子，要一邊轉一邊夾取想吃的菜。眼睛看不見就夾不了東西，只能全部請人來幫忙。服務生很親切，會向爸爸一一詢問我是否會過敏，或是有沒有不敢吃的東西等等。就連我的飲料，服務生也都先問過爸爸。

不管是餐飲店還是服飾店，店裡的人幾乎都是選擇向眼睛看得見的人說話。關於這個問題，我也曾和班上的同學討論過。討論了將近一小時的結果，我們做出了這並非歧視的結論。對於看得見的人來說，他們似乎習慣用眼神來交流。互相對上眼神的時候，好像就是可以上前搭話的暗號。因此大家才會很難向無法眼神交流的盲人說話。所以只要我們這邊主動送出「向我搭話」的暗號，就可以解決這個問題了。

我試著向服務生說了聲「不好意思」。於是對方答覆我：「有什麼事嗎？」服務生現在應該在看著我。暗號成功了。當我正高興的時候，卻冒出了一段詭異的空檔。我只是希望服務生對我說話，並不是真的有什麼事情要跟他說。然而服務生正等著我的下一句話。我並不曉得桌上擺了什麼東西，情急之下，我連忙對服務生說了「請給我麻婆豆腐」。服務生說著「我明白了」，在我面前放上像是麻婆豆腐的東西。

這個應該是麻婆豆腐沒有錯，卻和我想像中的味道不一樣。我只吃了一口，嘴唇和舌頭都發麻了，辣到讓人以為這是不是把整罐辣椒粉全部撒進去的程度。

服務生可能正在一旁看著，我只好吃得一副很美味的模樣。每吃一口就配上一口水。水一喝完又會被立刻倒滿。服務生倒水的速度快到讓人以為水是自動湧出來的。我猜大家都想要待我親切，竭盡所能地在提供服務，所以我也全力以赴地配合了。於是我一肚子都是水，甜點的杏仁豆腐怎麼吃也吃不完。

爸爸任職的企業總公司設立於東京。半年前他轉調到北海道。今天好像是出差來參加總公司的會議。

「房子一旦不住了，馬上就會出問題。」爸爸說。「隔了這麼久回家一趟，就發現家裡漏雨，榻榻米都發霉了。」

是哪裡的榻榻米？店裡那間比地板高一點的和室房嗎？還是客廳？

「爸爸什麼時候可以回東京？」我問了之後，爸爸便回答：「這不是我能決定的事。」

爸爸明明比我年長三十幾歲，卻沒辦法決定自己住的地方。看來不是只要成為大人，就可以自由自在。

「北海道是個食物好吃、景色優美、住起來很舒適的地方。爸爸開始在那裡生活之後，現在已經胖五公斤了。」

我抓著他手臂的時候就發現了。爸爸謊報了體重。我猜他應該胖了八公斤。體重變胖是代表自己很幸福嗎？還是表示身體不健康了呢？

接著爸爸好像問我要不要來杯熱茶，又說自己要點咖啡，最後才說道：「我打算把房子處理掉。」

我突然覺得好不舒服。大概是喝水喝到醉了吧。

「我聽柳原老師說了，你好像要參加一般入學考試吧。」

「我還不確定。」

為了克服不舒服的感覺，我費了好大的勁說出話來。

「那要準備很多手續，感覺滿麻煩的。」

不知道是不是不舒服的關係，我開始覺得自己根本懶得處理那些麻煩的手續。然而爸爸卻很有精神。

「只要是爸爸做得到的，爸爸都願意做，所以你儘管去挑戰沒關係。你好像想報考有學生宿舍的大學吧。」

「我覺得那樣上學比較方便。」

「說得也是。爸爸贊成。聽你這樣說，就讓爸爸下定決心要把房子處理掉了。」

我已經快吐出來了。不是因為水，是房子。是「把房子處理掉」這句話讓我感到不適。就像西野是一到中午就想吃拉麵的體質，我則是一聽到要處理掉房子就會鬱悶的體質。

「透本來就不喜歡待在家裡吧。」

不知道爸爸此時是不是正想找個服務生點咖啡，他並沒有注意到我的臉色。

「你只有過年的時候才會回來，連暑假也幾乎見不到人。」

這根本不是我喜不喜歡的問題啊。

「那是祖先代代傳承下來的房子。爸爸畢竟是長男，多少還是有點責任感，以前才會在那裡生活。可是現在已經不做生意，也沒有家人住在裡面，留著房子沒有意義。我們把房子賣了換成學費吧。你想出國留學也可以，買間無障礙空間的公寓也行。」
「把那裡賣掉的話，到時候要回去哪裡才好啊。」
「所以我說了，我們就買間公寓吧。」
「我不是說我，我是指媽媽回去的地方啊。」
爸爸沉默了下來。我已經沒有力氣去在乎此刻沉重的氣氛了。我忍著作嘔的感覺，努力撐過這段時間。別張桌子發出杯盤碰撞的聲音，我們的身邊應該已經沒有服務生了。
只有爸爸和我，只有爸爸和我。是只有爸爸和我的世界。
「媽媽不會回來了。」
爸爸咬緊牙根似地說。
桐島家連續三代都是經營和菓子店。爸爸沒有繼承家業，而是成為上班族。是媽媽代替爸爸接下和菓子店。我並不曉得他們兩人是如何相識，又是如何變成那樣子。在我開始想了解他們的時候，媽媽就已經消失了，而爸爸感覺不太願意說。

我記得那發生在我要上小學的前一年。媽媽開著送貨用的小貨車，讓我坐在副駕駛座上，然後發生了車禍。

我在醫院恢復意識時，聽到了爸爸、醫生還有護士的聲音。我沒有聽到媽媽的聲音。可是媽媽就在現場。當時緊握住我的那雙手，絕對就是媽媽的手沒錯。在我睡著的期間，那雙手也一直都在。因為媽媽患有氣喘，每到傍晚就會咳嗽。我記得自己在夢中就有聽到那陣咳嗽聲。打著叮鈴鈴地愉快節奏，彷彿下著綿綿細雨，就是那樣的聲音。所以我知道她一直都在醫院陪著我。

然而在我恢復意識之後，媽媽卻從來沒有向我說過一次話，感覺上她又好像不在了。我已經無法再用眼睛看到媽媽，所以我很想聽聽她的聲音，可是就算我開口喊她，媽媽也沒回覆我。她只是細心地擦拭我的身體，握住我的手，並且非常非常悲傷。我可以從她的掌心感覺得到。感覺到媽媽沮喪得發不出聲音。

我沒有勇氣要媽媽記得幫我餵金魚。

來店裡光顧的客人送了我三條金魚，他說這是在祭典上撈到的。我把金魚養在金魚缸裡沒多久，其中兩條死了，剩下一條紅色的還活著。之前都是我在負責餵金魚。那是我養的金魚，我擔心萬一在我住院的時候，金魚餓死了怎麼辦。

不知道過了多久時間，我出院了。我立刻跑去確認，但原本的固定位置沒有擺著金魚缸。我不敢開口問金魚是不是死了，決定當成是寄放給別人照顧了。

我還沒有背過媽媽為我準備的小學書包，就進入了爸爸找的啟明學校就讀。我一下子就習慣學校。暑假時我回到家，家裡已經把店收起來了。媽媽雖然在家，也聽得到她的聲音，但她只會說「吃飯囉」或是「該洗澡囉」這幾句必要的話，態度感覺很冷淡。

我原本很想說說學校的事，可是我摸不透媽媽的心情，話也說不出口。那時候的我正在忙著習慣眼睛看不見的世界，沒有餘力去深究媽媽的事。

一回學校就感覺輕鬆多了。我交到朋友，生活變得越來越開心。只要待在學校，我就不再是特殊存在，可以想做什麼就做什麼。在寒假的時候我有好多話想說，然而家裡的時間靜止了，媽媽好像還是很悲傷，爸爸對待我的方式也不一樣，在家好無聊。我開始覺得回家好麻煩。所以我春假就沒回去了。暑假和寒假也都盡量留在宿舍，想辦法不回家。

不久之後媽媽就不在了。當時我差不多九歲。一開始我以為媽媽只是剛好不在家。等我下次回去時媽媽還是不在，再下一次也不在家。我很明白最好不要向爸爸問東問西，但我仍然相信媽媽有一天會回來，就這樣過了十年。

因為我不想回家，所以傷到媽媽的心了嗎？我並不是討厭家裡。我其實很想回家，只是不曉得自己該怎麼做才好。

我輕輕地深呼吸了一口氣，開口說道。

「那不是媽媽的錯。」

「你在說什麼？」

「那個時候，有隻貓橫越了馬路。我看見了，所以我大喊有貓。喊著媽媽危險，有貓啊。媽媽原來沒有注意到貓，我說了之後她才發現的，然後緊急踩了煞車。」

我的記憶只到這裡為止。聽說我們被後方來車追撞，矮小的我一頭撞上了擋風玻璃。所幸後方車子沒有人受傷。

「要是我沒有告訴媽媽，媽媽就會輾過貓了。」

接著我會背著小學書包，和大家讀同一所學校吧。

爸爸沉默不語。

「我覺得幸好當時沒有輾過貓。」

爸爸什麼都沒有說。

「媽媽不久就會回來了。」我的聲音孤伶伶地飄盪在空中。

爸爸叫來服務生結好了帳。接著他叫了計程車，送我回學校。他在離去的時候這麼說了。

「如果是爸爸，爸爸會直接輾過貓。」他說。

啊啊，原來是這樣啊。我恍然大悟。我明白他們已經離婚了。爸爸無法原諒媽媽，媽媽無法原諒自己，於是兩人離婚了。這種事明明輕而易舉地就能想像，我卻從來沒有那樣思考過。

在學校鞋櫃換鞋的時候，我哭了。因為他們兩人都咬定我過得不幸福，讓我覺得好不甘心。

那些人根本都不懂。不懂我的腳底下有起跳板。就算我大喊著「真的有啊」，他們想必也看不見吧。

我必須親自證明。不管要花上幾年也好。

我打開圖書室的窗戶在唸書。今天的氣溫有點偏高，但是風很涼爽。第一學期的期末考在昨天結束了，直到結業式前都沒有課。為了集中精神備考，我已經退出社團了。

我決定去參加一般入學考試，志願是東京大學法學系，全國文組科系中最難考的科系。要是能考上，就能像柳原老師說的那樣「成為學弟妹未來的榜樣」，爸爸也一定會很驕傲。有一天我會當上總理大臣，向大家證明我並沒有不幸福。媽媽也會透過國會轉播知道我的成功吧。

今天上午有好好用功準備考試了，所以我決定在下午三點前讀點自己喜歡的小說。期末考剛結束的圖書室一個人也沒有，可以獨占這裡感覺真是奢侈。

嗶嗶嗶嗶嗶，我設定的手錶鬧鐘響了。這是最新款的語音手錶。當我說要考東京大學後，爸爸便送了我這支手錶。

已經三點了啊。每次一讀起小說，時間轉眼間就會過去。偏偏現在正好到了精彩橋段。就讀到這一章結束吧。我並不是想要趕緊知道接下來的劇情，因為我早就知道了。這是我第三次讀這本小說。我會不斷重覆閱讀同一本書，畢竟點字書的數量有限，我也只能這麼做，而且有些書重讀過後又會再度愛上，像這本就是其中之一。

「你在準備考試嗎？」

身後傳來石頭女的聲音。雖然我沒在做壞事，但還是被嚇了一跳。

只要一讀起書，我的聽覺就會變得很遲鈍，有時候甚至不會發現有人靠近我身邊。

她到底是從什麼時候開始就在了？

石永一聲不吭地將我打開的點字書拉到自己身邊，把手心放在書頁上。我們的手指碰在了一起。我明明沒做錯事，卻慌慌張張地抽走了手。

「ㄏㄨㄥˇ ㄗㄨㄛˋ？」

她似乎稍微讀得懂點字了，不過態度還是一如往常地惡劣。該怎麼形容她的講話方式才好，就好像是突然把石頭扔過來一樣粗暴。

「在讀小說啦。」

「這本小說叫做什麼？」

為了表達我的不悅，我故意沒有回話。

「討厭啦，說不出口的書，難不成是色色的小說？」

「是井上靖的《北之海》。」

我急忙開口回答。我被石頭女操控了，得振作一點才行。

「海？好棒哦，真是羅曼蒂克。我也來讀讀看好了。」

「這個故事很長，也不是妳想的那種劇情。」

「你是說哪種？」

羅曼蒂克的用詞聽起來太少女，我不想說出口。

「這本書不是『快樂的故事』。女生讀了應該也不會覺得有趣。」

「那果然是色色的吧？」

石頭女只是想辯贏我而已。我懶得再解釋，便回了句「也許吧」。

雖然我喜歡這本書，卻有點猶豫要不要推薦給別人。這本小說是井上靖的自傳體小說《雪蟲》和《夏草冬濤》的續集，講述親子關係淡薄的洪作在大考失利，過著重考生生活時的故事。儘管心裡知道要唸書，洪作卻沒辦法集中精神，只能在流逝的時間裡一股腦地練著柔道，渾渾噩噩過日子。洪作雖然是個讓人不耐煩的傢伙，但是從他不投機取巧的人品中可以感受到他的誠懇。他與父母的距離感也和我有些相似之處，閱讀的時候能讓我心情平靜。個性堅強又正直單純的人，一定沒辦法理解洪作渾渾噩噩的生活。一想到其他人讀了之後可能只會感到傻眼，就讓我提不起勁向人推薦。

「我得到明天的外出許可了。」

石永聽起來喜孜孜的。她應該沒有要參加大考吧，可以從現在一路玩到暑假，放暑假的時候也會一直在玩樂中度過。我心想著她真是老神在在。

「柳原老師立刻就說ＯＫ了。老師對班長的信任果然不一樣啊。」

「這是什麼意思？」

「因為我說總理也會跟我一起出去嘛。」

「我？和石永出去？為什麼我要跟妳去？」

「河合同學也會一起去哦。」

我頓時覺得頭暈腦脹。是幸福鋼琴師。對了，這個石頭女和她住同一個房間。我不能大意。胸口開始怦怦作響了，真希望她沒有聽到。

「我想去附近那個區立圖書館辦理借閱證的申請手續。河合同學也說她想去申請。總理有說自己已經辦過了吧。你帶我們兩個人去嘛。」

現在我的臉八成是紅的。雖然她應該看不見，但我還是很擔心。拜託這傢伙也適可而止一下吧。吊起河合同學這根美味的紅蘿蔔，再對男生頤指氣使的手段太卑鄙了。

「請眼睛看得見的人幫忙不是比較好嗎？」

我佯裝冷靜，語帶諷刺地說道。

「沒差沒差，眼睛看不見也沒關係。反正我看得見啊，只是很模糊而已。但是你要記得帶手杖來哦。因為我現在還不是很會用。」

我啞口無言，任由她單方面決定好碰面的時間和地點，只能表示知道了。石頭女離開後，我開始聽見窗外傳來社團活動的聲音。大家在跑步，在跳躍。我也好想跑步，好想跳躍。

但是我不能那樣做。要在東京大學法學系畢業後成為總理大臣，必須先考上東京大學法學系。無論如何就是要唸書，要連明天的進度也唸起來才行。我放下《北之海》背起了英文單字。

一集中精神後，我便聽不到社團活動的聲音了。轉眼間就是閉館時間，我在回宿舍的路上被柳原老師叫住了。

「進度還行嗎？」

「還行。」

「東京大學表示可以接受點字應考哦。結業式之後我再告訴你申請的手續。」

「謝謝老師。」

「桐島，你看起來游刃有餘，感覺很冷靜。」

「才沒有那回事，我很拚命的。」

「明天，聽說你要和石永外出吧。」

柳原老師的語氣突然像在調侃我。

「她好像說，想要辦理圖書館的，借閱證。」

我說話突然變得亂七八糟，開始語無倫次。

「要小心車子哦。記得一定要遵守門禁時間。」柳原老師說。

我覺得老師說得真是誇張。宿舍門禁是七點，我們不過是去附近的圖書館，根本花不了多少時間。我回答了一聲「好」，老師便拍了我的肩膀一下。

我回到宿舍走進西野的房間，發現他窩在床上起不來。

他每次一考完期末考就一定會發燒。我本來還想邀他明天一起外出，幫他製造和石永說話的機會，這下看來是沒辦法了。誰叫他要熬夜唸書。明明只要平常按進度準備就好了。我幫他送上冰涼的烏龍茶，然後嘲笑他「發了智慧燒嗎」。

「我想躺著聽廣播，可是我的耳機跑哪裡去了？」他說。我從第二個抽屜拿出耳機遞給他。西野很容易忘記東西放在哪裡，找不到就會立刻嚷嚷，所以我幫他把房間的東西全都整理好，也記下了位置。其中特別重要的東西，比如ＣＤ，他怕自己不小心踩碎，會拿到我的房間來放。西野很信任我的腦袋，老愛依賴著我。以前窪塚也很依賴我，只是我現在已經不用替他操心了。

我忽然擔心起來，伸手想要摸摸西野的額頭，他卻撥開我的手說：「站長，有色狼！」他的手雖然熱，感覺上還不算發高燒，讓我鬆了一口氣。我原本還想和他討論明天穿的衣服，但我卻說不出口了。

隔天早上，我依照指示在十點前往正門時，感覺已經到很久的石永告訴我河合同學要練琴沒辦法來。

被她擺了一道。我應該要想到紅蘿蔔只是假餌的可能性的，竟然完全沒有懷疑過這傢伙。這麼容易上當的人不僅沒辦法和其他國家談判，應該也當不了總理大臣。

我一語不發地走出校門後，石永就抓住了我的右手臂。於是我把拐杖拿在左手。雖然是討厭的對象，但她不配合我的方向和步調會很危險，我只好無可奈何地向她搭話。

「這條路直走。」

石永卻說不是要去那裡，還說她要去車站。

「為什麼要去車站？不是要去圖書館嗎？」

「我們現在要去看海。」

「妳在胡說八道什麼啊。」

「圖書館我自己一個人也能去。看海才需要夥伴啊。」

「我才不是妳的夥伴，說什麼去看海。」

「長野不靠海。我從來沒看過海耶。在完全失去光明之前，我想要先看一下海啦。」

石頭女這傢伙，竟然說出這種自私的話，還主張那是她應有的權利。

我也是從來沒看過海。因為媽媽平常很忙，我沒有體驗過海水浴。我也沒去過遊樂園，對滑雪更是毫無經驗。我是在毫無預警下失去光明，所以一點頭緒也沒有。像她那樣面臨著逐漸逼近的黑暗，又會是什麼感受呢？

儘管微弱，只要能感覺到光亮就代表了希望嗎？所以黑暗就是絕望？我倒不覺得自己有感到絕望。

我無奈地開始往左邊方向走去。她緊緊黏著我跟了上來。以我們的腳程，走到車站大概十五分鐘。她不但省略了道謝，還若無其事地說出「不是哪裡的海都可以哦」這種厚臉皮的話。

「我想去鎌倉有個叫做由比濱海灘的地方。」

我雖然傻眼，但沒有停下腳步，因為我覺得現在盡可能地前進才是上上之策。柳原老師說的那句「記得遵守門禁」在腦海中一閃而過。

然而石永的石頭女風範實在不得了，我對她的評價繼續一落千丈。

「為什麼是鎌倉？再近一點的海邊不行嗎？」

「我小時候有在觀光手冊上看過那裡。是個很漂亮的海灘。」

「那裡要花很多時間才到得了。」

「好像搭一條叫橫須賀線的路線就能到。」

「不，如果是從這裡出發，要先搭有樂町線到池袋，轉搭ＪＲ湘南新宿線前往鎌倉，再從那裡搭江之電。」

所幸我對鐵道路線很有研究。附近關東各縣的路線圖全都記在我的腦袋裡。我常常和西野一起計畫電車之旅。我們只有憑空模擬，沒有實際出發過。真要實際行動，我和西野反而變得很膽小。

在車站有鋪設點字磚。我小學的時候就在課堂上把使用方式牢記起來了。可以利用手杖前端，也能透過腳底板的觸感來讀取資訊。既然腦袋裡有電車路線圖，車站又有點字磚，我們也許真的有辦法到得了。幸好我有戴著爸爸送我的手錶來，時間是很重要的資訊。

「江之電是什麼？」石頭女似乎不太熟悉電車。

「那裡有個叫做由比濱海灘的車站。」

「我們去得了那裡嗎？」

「應該去得了。」

「什麼叫應該？真是靠不住啊。」石永聽起來不太滿意我的回答。

我想起之前在升學指導室的那段對話。我發現說出「應該」的那個人，其實出乎意料地很有信心。而聽者則是會感到不安。

「一定到得了。」我重新改變了用詞。

十分鐘之後，我在車站內尋找點字磚的同時迷失了方向。

點字磚很難找，就算找到也會撞到走在上面的路人，還會有東西放在上面阻斷了資訊內容，完全無法發揮作用。話說點字磚這個名字，我從以前就覺得很奇怪了。因為磚塊上面並沒有打上點字。點字磚的正確名稱叫視障者導盲磚，分成了引導磚和警示磚兩種類型。換句話說，這只能告訴我們「可以繼續走」和「注意前方」的資訊而已。不過如果是熟悉的路線，確實可以運用自如。早知道會有這麼一天，我就先和西野出門旅行一趟了。

我並不是第一次來車站，但我只有在回老家的時候搭乘過固定路線，而且我的腦袋雖然記憶力好，卻不太懂得應用。

「不好意思！」

突然間，石永提高了音量。

「如果要搭有樂町線到池袋，請問該搭哪班電車才好？」

她明確地大聲說道。此時立刻有個女子回應：「我也要搭那條線，我們一起走吧。」那個女子好像和石永一起牽著或挽著手，而我則是被石永抓著手臂，三個人慢吞吞地移動腳步，最後總算搭上了電車。

「謝謝妳的幫忙！我們有辦法自己下車。」石永說。

她的態度爽朗又大方，給人很好的印象。和我以外的人說話，石永倒是會表現得很和善。而我則是對她們兩個女子的敏捷反應深感佩服，甚至忘了開口道謝，慢了好幾拍才低頭致謝。

一到池袋就有一大群人下車了。我們也跟著人流，好不容易下車到了月臺。

石永馬上對路人說了聲「請問一下！」，聽對方說明要如何換車。她就這樣毫不猶豫地接連發問，彷彿在丟石頭一樣，接二連三地主動開口，然後一路獲得自己想要的資訊。只是她的記憶力沒有很好，會立刻忘掉內容，問：「那個人是說接下來右轉嗎？還是左轉啊？」而我倒是一字一句記得一清二楚。

於是乎，一路上就靠著她開口發問，我再記憶下來的無間合作不斷向前推進，費了一番工夫終於抵達鎌倉。我們在車內完全沒有聊天，因為怕錯過車廂廣播。

之前曾說過「沒有人幫忙就無法移動的感覺很討厭吧？」的她主動向人求助，而我不過是個負責記憶的人。我覺得這件事實在很可笑，差點在車內噗哧地笑出來，但我還是拚命忍住了。

我們一下電車，石永似乎放下了心中的大石頭，開口便說她肚子餓了。我也是。跟著人潮一通過票閘口的當下，我們都想著同一件事。

「右手邊方向有家漢堡店。」

這是從香氣聞出來的。我們靠著鼻子走到了那家店。

「店門口好像在這裡。」

她的視力雖然模糊，但眼睛還算是看得見，在外面非常派得上用場。她待在長野的時候，好像常常和朋友來這樣的店，一下子就點好了自己的餐點。我則是和西野去過學校附近的漢堡店好幾次。我點了和那時候一樣的品項。起司漢堡和薯條加巧克力奶昔。西野雖然愛吃麵，卻說這是用來作為「日後參考」，不時會約我去咖啡廳或是這種類型的店。所謂的「日後參考」當然就是指約會，但沒想到竟然會在這種時候派上用場。

填飽肚子後，心情也平靜了下來。

「我們平安抵達鎌倉了耶。」石永一臉雀躍地說。

剛認識她的時候，我本來想像她會長得和石頭一樣硬邦邦的，但現在我開始覺得她的臉說不定更柔軟一點。即便是石頭，可能也是圓潤光滑的圓石子。

即使我無法順利找到導盲磚，在換車的時候不知所措，她也沒有感到不耐或是對我發脾氣。一般都是在我從容冷靜的時候，她才會拿石頭丟我。我覺得她有好好在「注視」我。明明爸爸的視力比較好，她卻感覺比爸爸更了解我。

於是我判斷自己可以主動向她提出要求。

「搭江之電到由比濱海灘的這段路，可以交給我主導嗎？」

「這是表示不要向人問路的意思吧？」

「我並不是討厭開口問人。之前有妳來問路，幫了我一個大忙。但是接下來的路程我想試著自己走走看。這是為了日後參考。萬一迷路，我會向人問路的。」

「我知道了。」

江之電緊鄰在ＪＲ車站旁邊，所以我們不費吹灰之力就搭上車，三分鐘便抵達由比濱站了。車站附近雖然有鋪設導盲磚，卻沒有指示出方向，這讓我再次體認到，導盲磚在自己習慣的地方雖然有用，但在初次前往的陌生場所卻起不了什麼作用。親身體會導盲磚沒有用的經驗，也是為了日後參考。

我主動出聲，向似乎是站務員的人詢問海灘的方向。石永聽話地什麼也沒說。對方告訴我們的路上有導盲磚，快走到導盲磚的盡頭時也聞得到海水氣息，能掌握到前進方向。

石永輕輕抓住我的右手臂跟在旁邊。當我猶豫地停下腳步時，她會對我說「是不是這裡啊」或是「好像可以繼續往下走」，但不會開口向人問路。海水的氣息變得越來越濃烈，這是讓人相當安心的指引。

不久之後我們走到海灘。是一片沙灘。

我透過腳感受到了。感覺上很類似跳遠時用來著地的沙坑，不過我花了一點時間才想像出一整片沙的遼闊景象。路逐漸難走起來，腳步變得沉重蹣跚。沙子跑進球鞋裡。耳朵聽到了聲音。是海浪的聲音。

石永不說話了。

她放開我的手臂，一個人越走越遠。她看見海了嗎？

我把球鞋和襪子脫了下來，這樣比較好走。可是這裡沒有鞋櫃。要是直接放在沙灘上，我怕會永遠找不回來，於是我就把襪子塞進褲子口袋，用沒有拿手杖的那隻手拎鞋。

天氣不熱，身體感受到了涼意。是因為海風嗎？

我能聽到嘩啦嘩啦的海浪聲。我來看海了。不對，我的眼睛其實看不見海。我帶石頭女來看海了。而且，我成功了。我細細地在品味這股成就感。

走了一段路後，我感受到髮絲的觸感。石永好像站在這裡，她大概是長髮吧，髮絲向後隨風飛揚，觸碰到我的臉頰。

石永站著沒動，知道我追上來後，她說：「我看不見。」

「再靠近一點就看得見了吧。」

「嗯，我再靠近一點試試看。」

「我把鞋子脫掉了。」

「我也要脫。」

石永準備了一陣，接著又開始移動腳步。

「這樣走起來真方便，感覺好舒服哦。」

「拎在手上很麻煩就是了。」

「手？」

石永似乎把鞋子擱在沙灘上了。

「沒事的。」我想讓她感到安心。

「只要筆直地向前走，再筆直地走回來就行了。」雖然我嘴上這麼說，其實還是有點擔心。

「一起找就一定找得到。先別管那個了，是海哦。妳看不見嗎？」

我是帶她來看海的，要是她看不見的話我就頭大了。

「看不見。」

「再靠近一點吧。」

石永打算再繼續往前走。我並肩站在她的身旁，腳下的沙子開始帶有濕氣，變得越來越結實，越來越好走了。

「哦！」

「呀啊！」

我們的腳忽然感受到了海浪。海浪唰地沖過我們的腳邊，又唰地迅速遠去，腳下的沙子頓時失去了穩固。海浪很淺，打濕了腳踝。腳下這股不穩的感覺讓我覺得奇妙極了，令人著迷。海浪沖上來又退去，還不忘帶走腳下的沙子。感覺真癢。再來一次，我要再試一次。

「我看不見。」石永又說了一次。

「再靠近一點吧。」

我把手杖夾在腋下，用空出來的那隻手抓住她的手臂。她的手臂比我想得還要纖細。我打算鼓勵躊躇不決的她往前走，然而就在這個時候。

「等等，你們幾個！」

背後傳來一道女性的聲音。年齡大概是介於阿姨和老婆婆之間。聽起來像在責備人。我們好像做了什麼不該做的事情，於是立刻停下腳步。

「快點回來！」女性聲嘶力竭地大喊。

「快點！來這邊！」

情況似乎不太對勁，我們驚慌失措地回到乾燥的沙灘上。

那個人是住在附近的居民，跟她說我們是從東京來看海之後，她便哈哈大笑地說：「真是的，我還以為你們要去尋死呢。」

「雖然海水浴場已經開放了，但是最近天氣很冷，沒辦法做海水浴，現在根本也沒人會來。」

原來如此，都是因為天氣冷，才會感受不到其他人的氣息啊。

自從抵達殷殷期盼的海邊之後，石永就變得安靜多了，大概是因為她以為自己看得見海，結果卻看不見的緣故吧。我能理解她的沮喪。

「我家啊，就在那裡而已。」喜歡聊天的阿姨繼續跟我們說，「院子有種橘子樹，每到冬天就會結出酸酸的橘子。外面賣的橘子雖然都是甜的，但橘子就是要酸酸的才對嘛。你們冬天的時候要再來哦。我請你們吃橘子。」

「謝謝阿姨。」

因為石永一句話也不說，我只好說了。

當那個人準備離開的時候，石永終於開口了。

「那個，請問一下，現在海是什麼顏色？」

那個人走了回來，接著沉默了一會兒。透過臉頰上的觸感，我知道現在並沒有陽光，雲層應該很厚吧。也許連海也是灰色的。我祈禱著就算是騙人也好，希望她能回答海是藍色的。

那個人像是終於找到合適的詞彙似地說道。

「是很美麗的顏色哦。」

然後就走掉了。

我們在那之後花了好大一番工夫找石永的鞋子。我為了空出雙手，決定先穿上自己的球鞋。腳上滿是沙子，用力撥也清不乾淨，但我仍然硬套了襪子，穿上球鞋，趴跪下去尋找她的鞋子。石永則是用我的手杖在四處探找。最後是我找到了。我覺得女孩子的鞋子還真是小。她說為了別再弄不見，要馬上把鞋子穿起來。這樣明明會很不舒服，她卻沒有半句怨言。

我們筋疲力竭，在乾燥的沙灘上坐了下來。過了一陣子，她用認真的語氣問道。

「你覺得美麗的顏色會是什麼顏色？」

我剛才也思考過這個問題。在找鞋子的時候也一直在想。

「顏色可能會因人而異吧。」我回答。

「不過，在我們面前的一定是一片美麗的海。」

我把臉轉向海的方向說道。海浪的聲音舒服地迴盪在胸口。

她大概也和我一樣把臉朝向了海，想像著美麗的顏色吧。我們兩人一邊想像著海的顏色，一邊聽著海浪聲，度過好一段時間。

石永出其不意地說：「你要摸摸看我的臉嗎？」

我嚇了一跳。說老實話，我一直很想摸摸看，我好想知道她的臉是什麼樣子，可是我的手滿是沙子，我便婉拒了她。

「因為我已經看見海了，就讓你看看我的臉作為回禮。」

她摸索到我的手，抓起來貼在自己的臉龐。我的指尖撞到厚重的鏡片。她把眼鏡拿了下來。我的手掌觸碰到她的額頭、臉頰和鼻子。為了不讓沙子跑進去，她閉上了眼睛。我的掌心，除了驚訝還是驚訝。

「妳是石永沒錯吧？」

她嗯了一聲點點頭，然後粗魯地撥開我的手。「你現在一定在後悔，早知道就對我親切一點了吧？」她挖苦道。

儘管她又變回了石頭女，但我已經不會再被那種語氣騙到了。那張臉深深地刻印在掌心裡，永遠不會從我的記憶中消失。

諷刺的是，她的臉簡直是同一個模子印出來的，和我很早以前想像河合同學的模樣相去無幾。我現在和心儀已久的幸福鋼琴師一起待在海邊。兩人的酷似程度，甚至讓我被這樣的錯覺襲擊。

「我再問妳一次——」

「就說我是石永小百合了。」

她回了一句充滿石頭女風格的話。我彷彿被暗算了，無法整理好心情。為了冷靜下來，我開始思考起自己身上的襯衫。

我今天離開宿舍的時候，是預計和河合同學三個人一起去圖書館，所以穿上了自己最喜歡的襯衫。雖然幸福鋼琴師看不見我的模樣，我還是想盡量打扮得體面一點。這是爸爸在生日時送我的靛藍色系格紋棉質襯衫，是我難以想像的花樣，但爸爸說這件很適合我。爸爸會擦古龍水，是很注重儀容打扮的人，所以我猜他買給我的應該也是上好質料，穿起來的觸感很好。我突然很慶幸自己穿了這件襯衫。

「這片海，不曉得有沒有比《北之海》裡出現的海還要棒。」石永說。

「絕對是棒多了。那邊的一點也不『羅曼蒂克』。」

我說了一句對我而言很大膽的話。這是很難向石頭女說出口，但或許有辦法對河合同學說的話。

「畢竟和我以前在觀光手冊上看到的是同一片海嘛。」

石永的語氣變得像小孩子一樣。過了一會兒，我聽到一陣重重的嘆息聲。我感覺她已經能夠接受逐漸迎來的黑暗了。

風變涼了一些，我們想起自己差不多該回去了。

回程的路上，她對我說話的口氣就像在胡亂丟著石子，讓我總算有辦法想著「她不是河合同學，是石永才對」。

我們一路暢行無阻，不管是向人問路，還是隨著人流移動都已經很習慣了，直到池袋的有樂町線票閘口被站務員擋了下來。因為就在剛才，電車遇到人身事故暫停發車，車站廣播也在說著同樣的內容。我們準備前往的那一站好像發生了意外。

「幾點會復駛呢？」

「現在是下午五點半，應該要花上一小時吧。」

能不能趕上門禁時間變得很難說了。

因為肚子餓了，我們決定先去吃咖哩。鼻子告訴我們車站的地下街開著咖哩店。現在已經沒有「為了日後參考，一切自己來」的餘力，我們問著路人找到餐廳位置，拜託店員帶我們入座，請他唸出菜單後點好了餐點。我知道店內有公共電話，便在咖哩上桌之前打電話回學校。我記得電話，也記得公共電話的數字位置，打電話只是小事一樁，不過另一頭不巧在通話中，我只能先回到了座位。

咖哩已經擺在桌上了。

咖哩醬裝在其他容器裡。我用左手確認白飯的位置，小心翼翼地把咖哩醬淋上去，讓咖哩醬和白飯完完全全混在一起。石永的視力雖然模糊，但還是能看見近距離的東西，而且她大概也從湯匙聲注意到了。「你的吃法好奇怪哦。」她說。

「這樣就不用擔心會不小心把白飯剩下來了。」我得意洋洋地說。

這是我和西野研究出來的最便利吃法。石永詫異道：「剩下來也沒什麼大不了的吧。」

剩下來也沒什麼大不了的。我有一點驚訝。因為我從來沒有這麼想過。

我這邊已經吃得一乾二淨，不過石永才吃到一半。我說：「我再去打一次電話。」石永似乎有點不太高興地說：「稍微超過一點門禁時間也沒關係吧。」女生好像都覺得一個人吃飯很痛苦。在學校餐廳也是，女生們總是和樂融融地聚在一起吃飯。我向她保證會一直留在座位上直到她吃完為止。

「我並不是在擔心門禁。」我辯解。

「離學校最近的車站發生人身事故了對吧？我猜柳原老師現在一定在擔心我們。老師隨時都在掛念著學生，怕我們會不會摔下月臺，所以必須通知學校我們平安無事，摔下月臺的人不是我們。」

「原來如此，這麼說也是。那你去打電話吧。」石永想通了。

獲得同意後，我再去打了一次電話，但另一頭依然是通話中。我們離開咖哩店前往票閘口，電車比預計的還要早開動了。

我可能當不了總理大臣。

我根本想不到摔下月臺的竟然會是柳原老師。

那天我們平安回到學校，西野也平安退燒了。然而，柳原老師卻不平安。接下來的三天左右，校內一片譁然。

柳原老師下班後，站在車站月臺準備回家。當時好像有個拄著拐杖的老婆婆腳步蹌踉地摔落到鐵軌上。聽說老師為了救她便跳下月臺。老婆婆最後安全獲救了。

柳原老師在發生意外的三十分鐘前有和舍監阿姨談過話，老師說我們會在門禁之前回來，拜託舍監阿姨幫忙留下飯菜。

新聞裡的老師成為了英雄。變成英雄的老師宛如異世界的人物一般。

我覺得自己好像被柳原老師背叛了。這證明了我萬一摔下月臺，老師也一定會來拯救我。可是在沒有老師的世界，我已經無法隨意摔下月臺了。一般入學考試也是，我是因為老師強烈建議才決定報考的啊。雖然最後做決定的人是我，但這都是老師先提議的。

其他老師拜託我代表班上出席喪禮，可是我不想去。我是因為擔任了班長，才心不甘情不願地去參加。學校派出了小型巴士接送，主動表示想參加的女生們也可以一起去了。石永並沒有來。

女生們都哭得抽抽噎噎，但是我沒有哭。現場來了大批的媒體記者，拿著麥克風對著哭哭啼啼的女生們。沒有任何人來採訪板著一張臉的我。

柳原老師的父親透過麥克風，用顫抖的聲音向弔唁的來賓說：「她是個正義感很強的孩子，我以她為榮。」附近有個人話中帶著怒氣，輕聲嘀咕著：「真是個不孝女。」麥克風不小心收到那個聲音，大家全都聽到了。是個女性的聲音。老師的父親提醒那個人說「在大家面前不要這樣」。想必那就是老師的母親了。

真要說的話，我的心情比較接近老師的母親。

老師為人善良，但我覺得她的死是個大失敗。

假如我在小時候的那場意外中失去性命，不曉得爸爸和媽媽會怎麼樣呢？

結業式的隔天就是暑假了，我選擇待在圖書室唸書。

途中西野過來找我，「家裡來接我了。」他說。

「我老媽問你要不要也來我家。」

「謝謝你。我雖然很高興，可是我還要準備大考。」

「說得也是。總理，你要為我們的未來加油哦。」

西野要我記得幫腦袋補充維他命，放了三顆老家種的酸橘後離開了。西野的夢想是成為一名針灸師並在家鄉開業，為疲於務農的人們舒緩身體。就算我不當總理大臣，他的夢想也會實現吧。

石永也來了。她說家人從長野來接她了。「聽說你要留在宿舍用功。你一個人沒問題嗎？」我說：「一個人比較輕鬆。」石永從那天以後，就沒有再向我丟過石子。她看得出我現在並沒有閒暇餘力。

「那下學期見了。」聽她這麼說，我嗯了一聲。

之後不知道過了幾個小時，我忽地聽見了鋼琴的聲音。

河合同學她還在學校嗎？我把酸橘和參考書都留在座位上，整個人被微弱的琴聲吸引，走向新校舍。鋼琴的聲音確實越來越響亮。原來她在這種日子也會練習啊。是不是家裡的人還沒來接她呢？

我佇立在音樂教室前，靜靜聽著琴聲。這個時候，演奏還在繼續，教室門卻猛然被打開，有個人從裡面飛奔出來，輕輕撞上了我。

「抱歉呀，你有沒有受傷？」

聽起來大概是京都的口音。從撞上來的觸感判斷，對方是個胖胖的阿姨。

「我沒事。」我一回答，鋼琴的聲音便停止了。
「媽媽，怎麼了呀？」
音樂教室裡傳來沉著的聲音。
「都，有朋友來找妳哦。」
疑似河合同學母親的人不負責任地這麼說完後，往不知道是不是教師辦公室的方向走了，她的腳步聲變得越來越小。
「是誰？」
這個聲音應該就是河合同學。說到「都」這個名字，當然就是河合同學了。
聽起來是個穩重響亮的渾厚聲音，和我想像中的不一樣。這個時候才要逃走也很奇怪，我只好走進音樂教室，抱著乖乖就範的心情報上名號：「我是普通科的桐島。」
「咦？桐島同學？」回答的聲音出乎預料地雀躍。
她似乎知道我的事。

「你有在當班長吧。很會讀書，跑步快，長得好像也滿帥的，音樂科裡就有女生是你的粉絲哦。」

聽起來似乎不是惡評，真是不勝感激，只是像這樣對著本人說「長得也滿帥的」，感覺很像婆婆媽媽的直截語氣，與我對她的印象不太一樣。我從河合同學的琴聲想像出來的是石永的臉。臉蛋是纖瘦的模樣，端正細緻。

「和我住同一間房的石永同學，也說桐島同學是個很溫柔的人哦。」

畢竟我待她那麼親切，會這樣想是正常的。

「你找我有什麼事嗎？」

「不是的，我只是正巧經過這裡。聽到鋼琴聲後就忍不住走了過來。」

「你在聽我彈琴嗎？好開心呀。」

京都腔的口音真是棒啊。一和河合同學說話就讓人好放鬆。雖然和我的印象不太一樣，但她是個待人和善、態度大方的人。而且也不會在話中朝我扔石子，是個好人。我好久沒有感到這麼心曠神怡了。於是我開口問了自己從剛才就很好奇的事。

「這間教室裡好像有股很好聞的香味。」

「啊，對了！」

河合同學應該是站了起來，在像是紙袋的東西裡東翻西找，然後靠近我的身邊說：「可以把手伸出來一下嗎？」

我伸出右手，河合同學設法找到我的手後說了一聲「送你」，放上一個用薄紙包起來的四角硬物。我一拿近臉龐，鼻尖就聞到一股舒服香氣。

「肥皂？」

「只是個小東西，你就收下吧。」

「這是怎麼回事？」

「因為我有在彈鋼琴，必須好好保養自己的手。而且還要用手讀點字，手指對我們來說就像眼睛一樣嘛。媽媽說宿舍的洗手乳容易過敏，所以特地送肥皂來。」

「送給我沒關係嗎？」

「我每次都會多帶一些過來啦，不過每次都用不完，所以常常拿來送人。」

幸福鋼琴師送給我肥皂。總覺得詭異到讓人發笑。我多久沒有這種愉快的感覺了？只要活著，任何事都難以預料。

「話說妳剛才彈的曲子——」

「是舒曼的《兒時情景》哦。你覺得這首曲子怎麼樣？」

「我覺得是很棒的曲子。」

「我一直彈得不是很好啊。這其實不算很難的曲子。只是不知道為什麼彈不出韻味。這是會讓大人回想起兒時回憶的曲子哦。等以後再長大一點，說不定我就能理解曲子的美好了。這是由十三首曲子組成的，剛才彈的是第二首。我最喜歡的是第七首《夢幻曲》。」

是我從來沒聽過的曲名。

「你願意聽我彈一下嗎？」

「不管多久我都會聽。」

（我猜想）她露出了微笑。接著她請我坐在椅子上，開始彈奏。

我一邊緊握著飄散幸福香氣的肥皂，一邊聽著她的琴聲。我已經知道曲名了，不需要在腦中轉換成音符。第一次這麼近距離聽她彈琴，果然是魄力十足。太奢侈了。這首聽起來的確比剛才的曲子還要動人，我也喜歡這首曲子。我大概會喜歡一輩子吧。是令人印象深刻的旋律。曲調輕緩，感覺很寧靜，又會強烈地刻劃在心裡，讓人覺得幸福又寂寞。明明不是一個人卻感到了孤獨。懷念起兒時情景的大人都會產生這種情緒嗎？在聽著《夢幻曲》的同時，我無意間想了起來。

隨風搖曳的藍色門簾，陳列在玻璃櫃裡的七彩和菓子。比地板高一點的榻榻米和室。烹煮著紅豆的鍋子。蒸騰熱氣。白色年糕。鮮豔的食用色素。媽媽的烹飪白衣。

和菓子師傅們的拖鞋。笑容滿面的客人。還有金魚缸裡的紅色金魚。是我家！是還在賣和菓子的我家！

裡面的和式房間。壁櫥的棉被。店裡的玄關地面。竹掃把。廚房。

煮紅豆的香氣。搗著白色年糕的聲音。互道早安的招呼聲。我連氣味和聲音都能清楚地回想起來。

我唯一能以影像來回想的場所，就是我出生長大的家啊。

我這麼想著。

回家去吧。

在無意間，我抱著十分坦率的心情這麼想了。

其實我一直很想回家吧。好想說一聲「我回來了」。

我總算看清楚自己的心了。

去拜託爸爸不要把房子賣掉吧。如果他說家裡發霉了，那就說我會去通風。對了，先從打掃開始吧。因為那裡是我的家。

在聽著《夢幻曲》的同時，我頓時變成大人了，並且能清楚地回想起小時候的情景。

於是我覺得無論是東京大學還是總理，甚至有沒有畢業都無所謂了。只要回家，總是會有辦法的。因為我腳下踩的東西就是起跳板。

好，回家吧。明天回去。不對，今天就回家吧。

即使我就這樣頭也不回地離開這裡，西野也不會在意吧。我和那傢伙待在一起的時間已經夠久了。管理CD有點麻煩，他也差不多該懂得自己收拾了。

爸爸說不定會有一點失望。

石永不會有事的。她會用鼻子哼哼發笑，一下子就會忘掉我了吧。

石永在那片海灘上看見了海。我則是把海拋在腦後，看見了石永的臉。用這雙手仔細地看遍了。

那張臉就像現在聽到的《夢幻曲》一樣，非常非常美麗。

【樂読 18】MR0018

奇蹟寄物商2 桐島的青春
あずかりやさん 桐島くんの青春

作　　者❖大山淳子
封面插圖❖teppodejine
譯　　者❖許展寧
封面設計❖陳文德
內頁排版❖HAMI
總 編 輯❖郭寶秀
責任編輯❖遲懷廷
協力編輯❖楊淑慧
行　　銷❖許芷瑀

發 行 人❖凃玉雲
出　　版❖馬可孛羅文化
104台北市中山區民生東路二段141號5樓
電話：(886)2-25007696
發　　行❖英屬蓋曼群島商家庭傳媒股份有限公司城邦分公司
104台北市中山區民生東路二段141號2樓
客服服務專線：(886)2-25007718；25007719
24小時傳真專線：(886)2-25001990；25001991
服務時間：週一至週五9:00～12:00；13:00～17:00
讀者服務信箱：service@readingclub.com.tw
劃撥帳號：19863813　戶名：書虫股份有限公司
香港發行所❖城邦（香港）出版集團有限公司
香港灣仔駱克道193號東超商業中心1樓
電話：(852)25086231　傳真：(852)25789337
E-mail：hkcite@biznetvigator.com
馬新發行所❖城邦（馬新）出版集團 Cite (M) Sdn Bhd
41, Jalan Radin Anum, Bandar Baru Sri Petaling,
57000 Kuala Lumpur, Malaysia.
電話：(603)90578822　傳真：(603)90576622
E-mail: cite@cite.com.my
輸出印刷❖前進彩藝股份有限公司
初版一刷❖2021年3月
定　　價❖380元

國家圖書館出版品預行編目資料

奇蹟寄物商2 桐島的青春／大山淳子著；許展寧譯. -- 初版. -- 臺北市：馬可孛羅文化出版：家庭傳媒城邦分公司發行, 2021.03
面；　公分. --（樂読；18）
譯自：あずかりやさん 桐島くんの青春
ISBN 978-986-5509-61-3（平裝）

861.57　　109022295

ISBN：978-986-5509-61-3（平裝）